陽炎

中谷航太郎

集英社文庫

目次

陽炎

第一章

一

浅草寺に参詣がてら、江戸きっての盛り場——奥山へ向かう人々で、きょうも仲見世通りはごった返していた。

人混みを掻《か》き分けるようにして歩いていた流山数馬《ながれやまかずま》に、

「旦那さま」

不安そうな声で呼びかけてきたのは、後ろを歩いていた妻の若狭《わかさ》だった。

数馬は歩みを緩めて、若狭が隣に並ぶのを待った。

若狭が怖がっているのが、芋を洗うような雑踏ではないと察していた数馬は、前を向いたまま訊《たず》ねた。

「さっきの連中ですか？」

少し前に、二人連れの男たちとすれ違っていた。ひとりは三十過ぎの痩せた男で、頬に刃物で斬られた古傷があり、長楊枝《ながようじ》を咥《くわ》えていた。もうひとりは十七、八の若造で、相撲取りに勝るとも劣らぬ巨体の持ち主だった。赤子をそのまま大きくしたような童顔に箔《はく》をつけるためだろう。眉毛を剃《そ》り落としていた。

やくざの兄弟分にしか見えない二人は、若狭に目を留めると、わざわざ進路を変えて近寄ってきた。俯《うつむ》き加減で歩いていた若狭の顔を、腰を屈《かが》めて覗《のぞ》き込みすらした。

そのときから、悪い予感がしていた。

「ちゃんと見てはいませんけど、あとをつけられているようでした」

浅草寺の裏手にある、妙僧寺《みょうそうじ》という寺に向かっているところだった。これまでに何度か訪れているので、寺の周辺は日中でも人通りが少ない場所だと知っていた。

昼までまだ半刻《はんとき》（約一時間）はあったが、

「墓参りをする前に、なにか食べていきましょうか？」

「はい」

夫婦になって三年目になる。阿吽《あうん》の呼吸で応じた若狭は、数馬の意図を読み取っていた。

数馬は、近くで一膳飯屋を見かけたことを思い出した。記憶が正しければ、次の角を左に折れてすぐだった。

若狭の腕を引いて路地に入った。一膳飯屋はなかったが、蕎麦屋《そばや》があった。暖簾《のれん》が下がっており、四月上旬の陽気に入口も開け放たれている。

「あの店で待ってて下さい」

若狭を先に行かせて、路地の角から通りを覗いた。男たちは、きょろきょろしながら歩いていた。

急いで暖簾を潜《くぐ》った。開店して間もないのか、間口一間半（約二百七十三センチメートル）、奥行き二間の店内は、がらんとしている。厨房《ちゅうぼう》には捻《ねじ》り鉢巻《はちまき》をした親父《おやじ》がいたが、一人で切り盛りしているのか、ほかには店の者はいなかった。

若狭は薄暗い店の奥の席に座っていた。向かいに腰を下ろした。二人で外の様子を窺《うかが》っていると、男たちが店の前を通り過ぎていくのが、暖簾越しに見えた。

「ああ、よかった」

若狭が胸に手を当て、安堵《あんど》の息をついた。

「面倒なことにならなくて済みましたね」

数馬は穏やかな声で応じたが、内心は憂鬱だった。

若狭と外出すると、男が視線を向けてくることがたびたびあった。若狭の容姿がそうさせるのだが、なかには口を半開きにして見蕩《みと》れる者もいる。

そうしたくなる気持ちがわからないでもない。見て見ぬふりをしてきたが、面倒が起きたことはなかった。危険を感じたのは、今回が初めてだった。

数馬はいまでこそ御家人だが、若狭と夫婦になるまでは、近江国坂田郡国友村《おうみのくにさかたぐんくにともむら》の鉄炮《てっぽう》鍛冶《かじ》として生きていた。名も佐助《さすけ》といった。

砲術は身につけていたが、御家人になってからも剣術を学んだことはなく、刀を差した案山子《かかし》も同然だった。

今回は幸いにも事なきを得たが、また同じようなことが起きたら、どうすればいいのか。

腕っぷしが弱く、喧嘩《けんか》もできない自分に、はたして妻を護《まも》れるのか。

考えれば考えるほど、気分が落ち込んできた。

「どうかなさいました?」

「いえ、べつに」

数馬は手を振った。

「そういわれると、ますます気になります」

「そんなことより、早く注文したほうがよさそうですよ」

店の親父が、手持ち無沙汰にしていた。

「旦那さまは、なにを召し上がります?」

「月見にしようかと」

「わたしもそれにします」

数馬は厨房に顔を向けて、月見蕎麦を二つ注文した。視線を戻すと、若狭が頬杖《ほおづえ》をついていた。ものいいたげな顔で、じっと見つめている。

「なんの話でしたっけ？」

数馬が惚《とぼ》けると、上目使いで睨《にら》みつけられた。

「降参です」

観念した数馬は正直に打ち明けた。すると若狭が、納得したようにいった。

「やはり、そのことだったんですね」

「がっかりしたでしょうね」

「そんなこと、わたしはちっとも気にしてません」

若狭が大きくかぶりを振った。

「本当ですか？」

「君子、危うきに近寄らず、というではありませんか。ああいう人たちは避ければいいのです」

「どうしても避けられないときが、あるかもしれませんよ」

「そんなときは、鉄炮で脅せばいいじゃないですか」

「持ってもいない鉄炮で、どうやって脅すんですか？」

「さあ、どうしたらいいでしょうね」

小首を傾《かし》げた若狭は、口を一文字に結んでいた。それは若狭が笑いを堪《こら》えるときの仕草だった。

「もしかして、冗談ですか？」

「町中で鉄炮を持ち歩けないことくらい、わたしだって知ってますよ」

「なんだか、どうでもよくなってきました」

気持ちが軽くなった。数馬は両手を上げて伸びをした。するとなぜか、若狭が真剣な眼差《まなざ》しになった。

「それはそれとして、心配なことがあります」

「なんですか？」

「一緒に歩いていると、たいていの女の人が旦那さまに振り向きます。さっきも、とても綺麗《きれい》な方が、流し目を送ってました」

「それも冗談ですよね？」

「いいえ、真面目な話です」

「ぜんぜん気づいていませんでした。でも、余計な心配はしなくていいです」

「どうしてですか？」

「そんなことはいわなくても、わかってるでしょう」

「さっぱりわかりません。どうしてですか？」

若狭が問いを繰り返した。

「お願いですから、勘弁して下さい」

ほとほと困り果てたとき、天の助けが現れた。

「へい、お待ち」

店の親父が、湯気の立つ丼を二人の前に置いた。

「わあ、おいしそう」

若狭が無邪気に歓声を上げた。

「いただきます」

数馬は手を合わせてから箸を取った。丼を持ち上げ、まず出汁《だし》を啜《すす》る。

「うまい！」

思わず口に出たほど美味だった。

「麺もおいしいですよ」

若狭がいうと、厨房に引き揚げようとしていた親父が、にやりと笑った。

二

すっかり満足して蕎麦屋を出た。念のため、あたりを見回したが、あの男たちの姿はなかった。

浅草寺の境内を抜けるついでに参詣し、そこから五町（約五百五十メートル）あまり離れた妙僧寺へ歩を進める。

鬱蒼《うっそう》とした竹藪《たけやぶ》に囲まれた道の先に、妙僧寺の門が見えてきた頃には、男たちのことなどすっかり忘れていた。

道端に筍《たけのこ》が生えている。伸び伸びと育ったものもあれば、先端を覗かせたばかりのものもある。

国友村にいた当時は、筍掘りがこの季節の日課だった。朝早く、兄と一緒に鍬《くわ》を担いで山へ入り、収穫を競いあった。三歳年上の兄に勝てたためしはなかったが、それでも楽しい時を過ごしたものだった。

懐かしい思い出に浸りながら、数馬はゆっくりと歩いた。

「あっ！」

ふいに若狭が叫んだ。なにごとかと顔を向けた数馬は、はっとした。

あの男たちが、すぐ後ろに迫っていた。

油断していたことは否めないが、男たちは悪知恵を働かせ、走っても足音がしないように履物を脱いで裸足《はだし》になっていた。

逃げるには遅すぎる。数馬は若狭を背中に庇《かば》った。

「なにか用か？」

情けないことに、声が裏返っていた。

「おめえに用はねぇ」

弟分が、若狭の腕を摑《つか》もうと手を伸ばした。

「止《や》めろ！」

数馬は咄嗟《とっさ》に大刀の柄を握り締めた。

「おっと」

弟分が巨体を躍らせて飛び退《の》いたが、大刀を抜けないほど数馬の手が震えているのに気づくと、

「ぎゃははは」

腹を抱えて笑いだした。

「とんだ腰抜け侍だな」

兄貴分も呆《あき》れたように肩を竦《すく》める。

「使って減るもんじゃねえし、用が済んだら、女は返してやる。だから大人しく渡しな」

男たちに手籠《てご》めにされる若狭の姿が、一瞬、脳裏を過《よぎ》った。

冷たい風が身体の中を吹き抜ける。鳥肌が立つ一方で、額には熱い汗が噴き出していた。

――若狭を非道な目に遭わせるわけにはいかない。たとえ我が身はどうなろうと、護らなくては。

数馬は奥歯を噛《か》み締めた。捨て身の覚悟を決めたとたん、思いがけないことが起きた。

視野が拡《ひろ》がると同時に、強張《こわば》っていた筋肉が緩み、手の震えがぴたりと収まった。

その手で脇差の柄を握り直す。竹林の中で闘うには、短い脇差のほうが分がいいと判断する心のゆとりまで得ていた。

明らかに様子が変わった数馬に、兄貴分が目を眇《すが》めた。

「親切でいってやってるのに、馬鹿な野郎だぜ」

楊枝を吐き捨て、弟分に目配せを送る。無言でうなずいた弟分が懐に手を入れ、匕首《あいくち》を引き抜いた。

匕首の刃が冷たい光を放っても、数馬は恐怖を感じなかった。客席から芝居を見物しているような不思議な感覚。

「お待ちなさい！」

凛《りん》とした声が、竹藪に響き渡ったのはそのときだ。

妙僧寺の門を背に、男が大股で歩み寄ってきていた。五十がらみで恰幅《かっぷく》のいいその男は、商人と見受けられた。

「物騒なものは仕舞いなさい」

人に指図することに馴《な》れているのか、声に威圧感が滲《にじ》んでいる。胸を反らせた姿勢も堂々として貫禄《かんろく》があった。

「なんだと！」

弟分が目を剝《む》き、

「どこのどいつか知らねぇが、余計な嘴《くちばし》を突っ込むと、おめぇもただじゃおかねぇぞ」

「ほう、わたしをどうするつもりだ？」

そう問いかけた商人は、うっすらと微笑《ほほえ》んでいた。相手を挑発しているとしか思えない態度だった。

「どうするもこうするも、こいつで、ぶすりとやるまでだ」

弟分が匕首を商人に向けた。

さすがに恐れをなしたか、商人が足を止めた。だが、それから続けたのは、火に油を注ぎかねない台詞《せりふ》だった。

「馬鹿につける薬はないというが、まったくその通りだ。人を殺《あや》めれば、己もただでは済まなくなることさえわからぬとは、呆れたものだ」

「ふざけんのもいい加減にしやがれ！」

弟分が顔を赤くして息巻いた。ぺっと唾を吐き、匕首の柄を湿らせた。

「獄門台に首を晒《さら》すことになるってか」

兄貴分が口を挟んだ。「そんなもん、怖くもなんともねぇ。それに俺たちがそうなるときには、お前はとっくにあの世に逝ってるぜ」

「そんなことは、言われるまでもない」

平然と返した商人が、兄貴分に問いかけた。

「このあたりでは見かけない顔だが、誰に杯を貰《もら》った？」

「なんでそんなことを訊《き》く？」

「さあ、なんでだろうな」

商人が謎をかけるようにいった。

「ははん、そういうことか」

したり顔で呟《つぶや》いた兄貴分が、

「はったりをかますつもりだろうが、その手には乗らねぇぞ」

「信じるかどうかはそっちの勝手だが、姥ケ池《うばがいけ》の新蔵《しんぞう》とわたしは旧知の間柄だ」

姥ヶ池の新蔵は、数馬でも聞いたことがある有名な俠客《きょうかく》で、浅草一帯を縄張りにしていた。

「それがどうした？」

「わたしがほとけにされたと知れば、新蔵は草の根を掻き分けてでも、下手人を探し出す。獄門台で首を晒《さら》されたほうがましだったと思えるほど、むごい目に遭わされるぞ」

兄貴分が棒を飲んだように固まった。尖《とが》った喉仏が、別の生き物のように動いた。

「さあ、はったりかどうか、試してみろ」

商人が一歩、前に出た。

「うっ」

と呻《うめ》いた兄貴分が、風に煽《あお》られたように仰《の》け反《ぞ》った。

商人がさらに一歩近づくと、兄貴分は後退《あとずさ》りしながら膝を畳んだ。

「この通りです。どうか勘弁してやってくだせぇ」

地べたに額を擦《こす》りつけて土下座した。

それを見た弟分が、急いで匕首を鞘《さや》に戻した。

「目障りだ。とっとと失《う》せろ！」

「ありがとうごぜぇやす」

兄貴分が干涸《ひから》びた声で礼をいい、弟分と一緒に転ぶように駆けていった。

三

「流山と申します。お陰で助かりました」

数馬は深々と頭を下げた。

「どうぞ、お顔を上げて下さい」

いわれて腰を伸ばすと、意外にも商人は小柄だった。数馬は背が高いほうだが、頭一つ分は低く、太ってもいない。

大きく見えたのは、商人が発する『気』が旺盛だからか。いまこうして対面しても、風圧のようなものが感じられた。

「あらためて、お礼に伺いますので」

名前と住まいを訊こうとしたが、商人は掌《てのひら》を立てて遮った。

「あなたさまを助けたくて、しゃしゃり出たわけではございません。どうかお気になさらず」

意味がわからなかった。

「どういうことですか？」

「あのままにしておけば、血を流したのは連中のほうです。あんな屑《くず》でも、人は人。見殺しにするのは忍びない」

「まかり間違っても、そんなことにはなりません。お恥ずかしい話ですが、それがしは刀の振り方も知りません。これも、ただの飾りです」

数馬は腰の大小に目を落とした。

「ご謙遜を」

「いえ、正味のことです」

商人が怪訝《けげん》そうに数馬を見つめた。居心地が悪くなるほどそうしてから、ようやく口を開いた。

「姥ヶ池の新蔵とは、一度しか会ったことがありません」

「えっ？」

「さっきのは、はったりです」

商人が笑って頭を搔いた。「商売柄、荒くれどもと付き合うことが多く、ああいった手合いの扱いには馴れておりますので」

「そうだったのですか」

役者顔負けの演技に、数馬もまんまと騙《だま》されていた。

「それはともかく、姥ヶ池の新蔵は優男にしか見えませんでした。年も三十そこそこで、何人も人を殺めて伸《の》しあがった男とは、とても信じられませんでした。じつは一緒にいた代貸が本物の新蔵で、それを見破れるかどうか試されているのではないかと、勘繰ったほどです。あまりに解せないので、新蔵と別れたあと、知り合いの渡世人を訪ねて訊いてみました。わたしが会ったのは、本当に新蔵なのかと」

興味をそそられた数馬は目顔で促した。

「間違いないといわれました。新蔵はああ見えて、いったん命の遣《や》り取《と》りをする場に臨むと、鬼神が乗り移ったように人が変わるのだそうです」

なるほど、と数馬は思った。

「ふだんは、見た目で周囲を欺いているのですね？」

「わたしも同じ事を訊き返しましたが、そうではありませんでした。新蔵は本当に虫も殺せない男で、斬った張ったを生業《なりわい》にしているのも望んでのことではなく、死ぬほど嫌っているのだと、その渡世人は言い切りました」

ふいに商人が、数馬の耳元に口を寄せてきた。

「どうしてこんな話をしたのか、もうおわかりでしょう？」

表情が固くなるのが、自分でもわかった。

「まさか、姥ヶ池の新蔵とそれがしが似ていると、おっしゃりたいのですか」

「ええ。先ほどのあなたさまは、まさに鬼神が乗り移ったように見えました」

商人が息を継いで区切りを入れ、

「お武家様と踏まえた上のことですが、あなたさまも一度や二度は、人を殺めたことが、おありになるのでは？」

ぎくりとした。

一度や二度どころか、数馬は十指に余るほど多くの命を奪っていた。

正当な理由があれば、人を殺しても罪には問われない。商人は犯罪性のない殺人を前提にしていたが、数馬が犯した殺人のなかで、その前提に該当するものは僅かしかなかった。

あとはすべて犯罪で、しかも数馬本人には相手を殺す動機すらなかった。命令されて実行したものばかりだった。人はそれを暗殺と呼ぶ——。

「まったく身に覚えのないことです」

努めて冷静にいったつもりが、動揺を抑えきれず、つい大声になってしまった。

慌てて若狭に目を遣った。幸いにも、若狭は宙を見つめて放心していた。耳のそばで怒鳴らないと、気づきそうにない。

「失礼なことを申してしまいました。なにとぞ、お許し下さい」

商人は謝ったが、納得した様子ではなかった。

「こちらこそ、大きな声を出してすみませんでした」

会釈して立ち去る気配を見せた商人に、数馬はいま一度、礼を述べた。

「ご恩は一生、忘れません」

遠ざかっていく商人の後姿を見送っていた数馬のすぐ横を、小さな影が駆け抜けた。

感情が鈍っているせいか、驚きはしなかった。

身形《みなり》で商家の小僧とわかった。難を避けて、どこかに隠れていたのだろう。小僧は明らかに、あの商人を追っていた。

重そうな信玄袋をぶら下げている。それが揺れるたびに、じゃらじゃらと銭が触れ合う音がした。

小僧の姿も見えなくなったとき、若狭がやっと声を発した。

「あの方は、もう行ってしまわれたのですね」

夢から醒《さ》めたばかりのように、その瞳にはまだ霞《かすみ》がかかっていた。

「ええ」

「お礼をいうこともできませんでした」

若狭が、しょんぼりと俯いた。「どこのどなたかわからないのでは、二度と会えないでしょうね」

ずっと放心していたわけではないらしい。商人が名乗らなかったことは、知っている口ぶりだった。

「助けてもらったのも、なにか縁があってのことでしょう。きっとまた、どこかで会えますよ」

「たしかに、ご縁がなければ、お会いすることもなかったでしょうね」

若狭が納得したようにうなずいた。「それにしても、あるところにはあるものですね」

「なにがですか？」

「お金です」

「ああ、そのことですか」

若狭はあの音で我に返ったらしい。数馬は、思わず噴き出しそうになった。

「二分金《にぶきん》が新しくなったのに、うちにはちっとも廻《まわ》ってきません」

長らく途絶えていた貨幣改鋳が、昨年の文政《ぶんせい》元年（一八一八）四月から始まっていた。そのとき改められたのが、若狭が口にした真文《しんぶん》二分金であった。

「それどころか、前より、遣り繰りが大変になりました」

真文二分金は、以前のものと比べて、金の含有量が減らされていた。額面は同じでも、価値は下がったことになる。そのせいで、改鋳を機に諸物価が上昇した。

さらに追い討ちをかけたのが米価の下落で、扶持米《ふちまい》で暮らしを立てる御家人や旗本に大きな打撃を与えていた。

一家の台所を預かる若狭は、そのことを愚痴っていた。

愚痴ったところで、どうなるものではないと本人も弁《わきま》えている。ようするに、共感してほしいだけなのだ。

「大きな声ではいえませんが、御公儀って、ほんとにケチですね。家来がこんなに困っているのですから、少しくらい助けてくれてもよさそうなものです」

「旦那さまも、そう思います？」

「ええ、ケチどころか、頭に『ど』をつけたいくらいです」

「まあ、そこまでおっしゃいますか」

若狭が口に掌を当てて笑いだした。

そんな若狭が心底、羨ましかった。改鋳には、忘れたくても忘れられない嫌な思い出があった。

数馬は鉄炮磨《てつぽうみがき》同心として公儀に仕えるほかに、『黒子党《くろごとう》』なる秘密組織の一員として、公儀に害をなす者どもを、闇から闇へ葬る任務を与えられていた。

改鋳に際しても暗躍し、党に命じられるがままに、恨みもない相手——綾瀬《あやせ》という旗本とその軽卒——を鉄炮で射殺していた。

黒子党は任務の特殊性から、党員に対しても秘密主義を徹底する。党の全貌を把握しているのは党首のみで、党員には組織の規模や構成といった基本的な情報すら、明かされることはない。

当時、黒子になったばかりの数馬に伝えられたのは、党にはいくつか掟《おきて》があり、ひとつでも背けば容赦なく抹殺するという脅迫だった。

当初は暗殺する理由すら、教えてもらえなかった。知ろうとすることも許されず、ただ殺せと命じられた。

そもそも、好き好んで入党したわけではない。拒否すれば、親兄弟を皆殺しにすると脅され、引き受けざるを得なかったのだ。

数馬は党が掲げる大儀――公儀のため、ひいては国のため――を信じ、入党後初となったその任務を遂行した。

蚊を殺すにもそれなりの理由はある。まして人をとなると、やはり無理があった。大儀を妄信したツケは、すぐに廻ってきた。

綾瀬たちを殺害したあと、数馬は一件の捜査に当たっていた大崎《おおさき》という小人目付《こびとめつけ》と知り合った。大崎は素行不良の旗本を、忠臣が誅殺《ちゅうさつ》したのちに自裁に及んだとみており、不審の念は抱いていなかった。

そうなるように現場を偽装した本人にとっては思惑通りの展開だったが、数馬は愚かにも、この一件に第三者が絡んでいる可能性があると大崎に仄《ほの》めかした。

そうすることで、綾瀬らが暗殺された背景を、大崎に探らせようと目論んでのことだった。

大崎は一件を洗い直し、真相に迫った。ところが、数馬も予想しなかった事態が起きた。大崎の動きを、党に察知されてしまったのだ。

その責を問われた数馬は、大崎の口封じを命じられた。大崎にはとっつきにくい一面があったが、正義を貫くためなら、己が命を賭せる男だった。数馬は泣く泣く手にかけた。そうせねば、自分の命がない、ほかに選ぶ道はないと己に言い聞かせて。

しかし、死骸の損壊があまりにも酷《ひど》すぎた。惨《むご》たらしい姿が脳裏に焼きついてしまい、幻影とも亡霊ともつかぬものに、悩まされるようになった。

その顔には皮がなく、血肉が剝きだしだった。眼窩《がんか》からぶら下がった目玉で睨みつけられるたびに、心の臓が縮み上がった。

一年を経てさすがに記憶も薄らぎ、大崎が現れることは滅多になくなっていたが、相反して罪悪感は募る一方だった。

その大崎が眠っているのが、ほかでもない、妙僧寺の墓所なのであった。

時折、墓参に訪れるのは、慙愧《ざんき》に耐えぬ気持ちを伝えるためだが、許して貰えるとは露ほども思っていない。

自分がしたことは、言葉で償えるようなことではないとわかっているからだ。それでも生きている限り、謝り続けるつもりだった。

——大崎さんは、それすら望んでいないのか。

やくざ者に絡まれることになったのも、俺の墓に近づくなという、あの世からの警告のような気がしてきた。

「きょうは厄日かもしれません。あらためて出直しましょう」

若狭は生前の大崎とは一度しか会っていない。それも挨拶した程度で、墓参も数馬に付き合っている節があった。

若狭はすんなり聞き入れてくれると思ったが、

「せっかくここまで来たのですから」

「さっきの連中が、また戻ってくるかもしれませんよ」

「旦那さまがいれば、平気です」

「刀も抜けない腰抜け侍なのに？」

「抜けなかったのではなく、あの方が仲裁に入られたので、抜かなかっただけです。そのことは、はっきり覚えています」

ほかに説得する材料はなかった。

「わかりました。行きましょう」

数馬は仕方なく、先に立って歩きだした。

四

――うん？

思わず足が止まった。妙僧寺の墓所の隅にある大崎家の墓前に、見知らぬ女が手を合わせていた。

年は四十路前あたりか、髪に白いものが交じっている。目を閉じて一心に菩提《ぼだい》を弔う横顔には、近寄りがたい色が漂っていた。

振り返ると、若狭が怪訝そうに見上げていた。問われる前に小声で伝えた。

「先客がいらっしゃいます」

若狭が爪先立ちになって、女の様子を窺った。

「あれは、大崎さまの連れ合いだった、美代《みよ》さまだと思います。お会いしたことはありませんけど、ご様子をみればわかります」

「なるほど」

たしかに、美代のほかには考えられなかった。大崎を亡くしたあと、美代が別家に嫁いだと風の噂《うわさ》で耳にしていた数馬は、そのことを若狭に伝えた。

「たぶん、人目を憚《はばか》ってのことでしょう。ご挨拶は控えたほうがよさそうですね」

若狭がいうように、元夫の墓参をしていることは、世間——ことに嫁ぎ先には、知られたくない事柄だろう。

ここで顔を合わせれば、美代は余計な心配事を抱えることになる。なにも見なかったことにするのが、親切というものだ。

数馬は黙ってうなずいた。

しばらくすると、美代が腰を上げた。歩きだしてからも、袂《たもと》で涙を拭いながら、何度も墓石を振り返った。

見ているほうが辛《つら》くなるような、痛々しい姿だった。

若狭が双眸《そうぼう》を潤ませて呟いた。

「お気の毒に……」

遺族の悲しみは、理解しているつもりだった。美代が新たな嫁ぎ先を得たと聞いたときには、気持ちがいくらか楽になった。いずれ美代の悲しみが癒える日が来るだろうと、我がことのように期待した。

だが、つもりは、つもりでしかなかった。

美代の心の傷は癒えるどころか、いまも開いた傷口から、どくどくと鮮血が溢《あふ》れ出ていた。

——俺は、なんということをしてしまったのか。

自責の念で胸が詰まった。息をするのも苦しくなった。そのせいか、頭の中に白い霧が湧いてきた。

ふと気づくと、墓前にしゃがんでいた。若狭は隣で、目を閉じて手を合わせていた。数馬は黙禱《もくとう》を捧げてから、思いつくままを心に念じた。

――もう謝る気はありません。大崎さんの気が済むようにして下さい。

地獄の苦しみを受けることになるだろう。それでも、大崎の怨念をその身で受けるしか、償いの道はないと悟っていた。

犯した罪は、それほど重い。

――ですが、ひとつだけ、お願いがあります。悪いのはわたしです。祟《たた》るのはわたしだけにして下さい。

そう祈って、答えが返ってくるのを待った。

しばらくしても、墓石からはなにも聞こえてこなかった。

「事情があってのことでしょうけど、亡くなったご主人に想いを残しつつ、ほかの方と同じ屋根の下で暮らすのは、どういうお気持ちなんでしょうね」

若狭が身につまされたようにいったのは、浅草寺の甍《いらか》が見えてきた頃だった。

「さあ、どうなんでしょう」

数馬は惚けた。いまは美代の話をするのも辛かった。

「もしそんなことになっても、わたしは独り身を通します」

それを聞いて、どんよりと重い気分がいくらか軽くなった。

だが、寸の間も続かなかった。

数馬が死と背中合わせの世界に身を置いていることを、若狭は知らない。夢想だにしていないからこそ、口にできる言葉だった。

常に棺桶《かんおけ》に片足を突っ込んでいるも同然のこの身に、いつ『そんなこと』が起きても、おかしくはない。数馬にとって、時は振り返るものでしかない。ここまで生きてきたという過去があるだけで、未来は闇に閉ざされていた。

「そういうわけにもいかないでしょう。家のことはどうするのですか？」

まだ嫡子に恵まれていない。若狭が寡婦のままでいれば、養子でも取らない限り、流山家は断絶してしまう。

「わたしは、旦那さまと一緒にいられさえすれば、家のことなど、どうでもいいです」

若狭は、武家の女にあるまじきことを口にした。

「家はともかく、暮らしはどうするのですか？」

義父の丹兵衛《たんべえ》が働けるのも、あと数年だろう。役を退けば、扶持を失うのはむろんのこと、役宅にも住めなくなる。

「繕い物をしてでも、食べていきます」

若狭がきっぱりと言い切り、

「そんなことより、旦那さまは、わたしがほかの誰かのものになってもいいのですか？」

「それは嫌です」

「だったら、わたしより長生きすると約束して下さい」

「それも嫌です。若狭がいなくなったら、わたしは生きていけません」

「後添えを貰えば、いいではありませんか」

浅草寺が間近になっていたが、あたりに人の姿はなかった。

数馬は足を止めて、若狭と向き合った。

「そんなことはしません。したくありません」

「おや、顔が赤くなってますよ」

「人のことはいえませんよ。あなただって……」

いいながら数馬は、若狭の手を握った。

「まあ、こんなところで」

若狭が咎《とが》めるようにいったが、数馬の手を払おうとはしなかった。

――この手を、あと何度、握れるのか。

いましか、伝える機会はないかもしれない。

「この世で一番大切な人の死に顔は、見たくありません。そんな辛いことに、わたしは耐えられません」

若狭が瞳を輝かせた。

「わたしも同じ気持ちです」

数馬の手をそっと握り返してきた。

五

夕陽《ゆうひ》に染まり始めた空を、鯉幟《こいのぼり》が泳いでいる。

隣家の庭に立てられたそれを、塀越しに眺めていた国友一貫斎《くにともいっかんさい》が、

「あと三日で端午の節句か。季節が移ろうのは早いものだな」

しみじみといった。

数馬は仕事帰りに、四谷仲町《よつやなかちょう》にある鉄炮会所《てっぽうかいしょ》を訪れていた。ついさっき着いたばかりで、一貫斎と縁側に並んで座り、茶を啜っているところだった。

「まったくですね」

数馬が同意すると、

「お前の家にも、早く鯉幟が立つといいな」

「残念ながら、なかなか子宝に恵まれません」

「だいぶ前に、夫婦仲をしっくりいかせるコツを伝授したが、覚えているか？」

「はい」

いい、いい、しっくりいかせるには、しっ、ぽりが大事だといわれたことがあった。

「ちゃんと守っているか？」

「そう心掛けています」

その手の話題が苦手な数馬は、そう答えるだけで身体が熱くなっていた。

「それは感心だが、何事にも、ほどというものがある。房事に励みすぎても、子供は授からないものだぞ」

「そんなことは、ありません」

「どうだか、怪しいものだ」

一貫斎が、にやりとした。

それを見て、数馬は話題を転じるきっかけを思いついた。

「なにか、いいことでもあったのですか？」

実際、そう問いたくなるほど、いつになく一貫斎は上機嫌だった。

「じつはな……」

一貫斎が勿体《もったい》をつけた。

「早く教えて下さい」

「風砲《ふうほう》のお披露目が、いよいよ正式に決まったのだ」

風砲とは、空気銃のことである。わが国には、その昔、阿蘭陀《オランダ》から将軍家に献上された一挺《ちょう》しか存在しなかった。しかも破損して、使い物にならなくなっていた。

一貫斎は、その風砲の修理を頼まれたのをきっかけに、独自の風砲の開発を思い立ち、一年あまりの月日をかけて、やっと二ヶ月前に完成にこぎつけていた。

「おめでとうございます。お披露目は、いつどこで行われるのですか？」

「来る五月二十四日、若狭守《わかさのかみ》様のお屋敷で、だ」

「若狭守様とは、酒井家のことですね。お屋敷はたしか西の丸にあったかと」

「その通りだ。お前もすっかり御家人らしくなったな」

数馬は苦笑した。

「見様見真似で、なんとか化けているだけです」

「どうしてなかなか、様になってるぞ。それになんというか……」

「はあ？」

「老けたな」

裏の仕事で心労を重ねているせいで、年より上に見えることは自覚していた。

「もう二十三になりましたから」

「それだけではあるまい。いまのお役目が、性に合わぬのではないか？」

「それは——ないとはいえません」

「根を詰めてやるほどの仕事ではあるまい。お前なら手を抜いても、楽にこなせるはずだ」

「わたしも近頃、それでいいかなと思い始めました」

数馬はそう答えてから話を戻した。

「ところで、お披露目には、どなたがいらっしゃるのですか？」

「さすがに上様はお見えにならないが、やんごとなき方々が顔を並べられることになっている」

一貫斎は『彦根《ひこね》事件』と呼ばれる訴訟の当事者として、三年前に国元から出府していた。訴訟はすでに解決していたが、その後も一貫斎は江戸に滞留し、精力的に活動して着々と交流の輪を広げていた。風砲の試射にそうそうたる面子《メンツ》が集まることになったのも、まさに努力の賜物といえた。

「これ以上ない、お披露目になりそうですね」

「うむ」

急に難しい顔になった一貫斎が、

「うまく運べばよいが」

と不安を覗かせた。

「あの風砲なら、きっとうまく行きます」

一貫斎が手がけた風砲は、小鳥を撃ち落とすのがやっとの『献上風砲』を、はるかに凌駕《りようが》する性能を誇っていた。厚さ七分（約二センチメートル）の板を撃ち抜ける破壊力を備え、一度の蓄気で十数発を連射することができた。

精度や耐久性においても格段の差があり、幾度となく繰り返された試射においても高い命中率を維持し、故障や不具合を起こすこともなかった。

「そうかな」

「失敗するわけがありません。列席される方々も、さぞかし驚かれることでしょう。いまから楽しみです」

西洋の風砲も進化しているはずだが、一貫斎が造った風砲はそれすら超えていると数馬は思っていた。

「一番弟子のお前にいわれると、なんだか、そんな気がしてきた」

一貫斎が自信を取り戻し、

「わしが製作した風砲であることを世に示すために、空気の気に砲術の砲と書いて、気砲と命名した」

「気砲——いい響きです」

その気砲とともに、一貫斎の名が世に知れ渡る日も近いだろう。そう思うと胸がわくわくしてきた。

ふいに、一貫斎が姿勢を正した。

「折り入って頼みたいことがある」

「わたしにできることなら、なんなりと」

「じつは昨年の暮れ、楽翁《らくおう》様に拝謁する機会があった」

楽翁が隠棲《いんせい》した白河《しらかわ》藩主・松平定信《まつだいらさだのぶ》の号であること、また数馬がまだ生まれていなかった時代に、定信が将軍補佐と老中筆頭の大役を務めたことも知っていた。

御家人風情の数馬にはまさに雲上人だが、お披露目のことを聞いたあとだけに、いまさら驚かなかった。

「そんなことがあったのですか」

「その際、鉄炮のことでご下問を受け、思うところを述べたのだが、楽翁様がいたく面白がられ、あらためて文書に纏《まと》めてほしいと申されたのだ」

「それがわたしと？」

どう関係するのか、わからなかった。

「草稿はすでに纏めた。数馬にも、目を通してもらいたい」

「それくらいのことでしたら、お安いご用です」

「それだけなら、なにもお前には頼まない」

「…………？」

「間違いがあれば正し、これでは足りぬと思うところがあれば書き足してもらいたい」

「ご冗談を」

「わしは冗談は嫌いだ」

そうでもなかったが、そこには触れないことにした。

「わたしごときが、一貫斎さまが書かれたものに手を入れるなど、とんでもないことです。お断りさせていただきます」

「かつて楽翁様は『海国兵談《かいこくへいだん》』を禁書とされたが、さすがにいまでは、有事に備える必要があると、お気づきになられておる」

『海国兵談』は経世家の林子平《はやししへい》の著で、寛政《かんせい》前期に出版された。林はこの書のなかで、『およそ日本橋よりして欧羅巴《ヨーロッパ》に至る、その間一水路のみ』と指摘し、航海技術が発達すれば、いずれ日本は海外からの脅威に晒されると警告したうえで、海防の重要性を訴えた。

しかし、当時すでに他国船が日本近海に出没していたにもかかわらず、定信は林を御政道に口出しする不届き者とみなし、版木を没収、焼却させて、林も禁錮刑に処した。

数馬は『海国兵談』を読んだことはないが、大まかな内容と、禁書にされた経緯については一貫斎から聞いていたので、なんとか話についていけた。

「楽翁様は、たんに備忘録を求めておられるのではない。わしの意見に賛同されたからこそ、幕閣の方々にも伝えようとなされておる。わしがもし、間違いを犯したり、大事なことを書き漏らしたら、天下にとって不利益となりかねない」

「そうと聞いては、ますます引き受けられません。わたしには荷が重すぎます。どうか、ほかの方に頼んで下さい」

数馬は本気で辞退したが、

「お前にしかできぬから、こうして頼んでおるのだ。七重の膝を八重に折ってでも、聞き届けてもらうぞ」

師と仰ぐ一貫斎にそうまでいわれて、嫌とはいえない。一貫斎の草稿に瑕疵《かし》があるとも思えなかった。どうせ預かったものを、そのまま返却することになるだろう。

「精一杯、やらせていただきます」

数馬は、縁側に手を付いて頭を下げた。

「草稿を取ってくる」

一貫斎が縁側から腰を上げ、部屋に入っていった。戻ってきたときには、半紙の束を手にしていた。

「これだ」

と、渡された草稿はかなり分量がある。目を通すだけで、二、三日はかかりそうだった。

「いつまでにお返しすれば、よろしいですか？」

「急《せ》かすようで悪いが、なるべく早く。できれば、十日以内に」

「承りました。きょうはこれにて失礼します」

数馬はそうそうに辞去して、鉄炮会所をあとにした。

役宅へ戻る暇も惜しみ、草稿を読みながら帰途を辿《たど》った。

六

「ご馳走《ちそう》さまでした」

数馬が箸を置くと、

「婿殿」

先に夕餉《ゆうげ》を終えて寛《くつろ》いでいた丹兵衛が、声をかけてきた。

「なんでしょう？」

「なにか悩みごとでもあるのかと思ってな」

「そんなことはありません」

いいながら数馬は、義父が勘違いするのも無理はないと思った。

食事中も、一貫斎の草稿について考えていた。なにを食べたかも覚えていないほど、気もそぞろだった。

「それならよいが」

そんなつもりはなかったが、丹兵衛は適当にあしらわれたと感じたらしい。口調がどこか憮然《ぶぜん》としていた。

「そういえば、一貫斎さまが」

数馬は、丹兵衛の気を引くように切り出した。

「なんじゃ？」

「今度、西の丸で、鉄炮の試し撃ちを披露されることになったそうです」

気砲について説明すると、却《かえ》ってややこしくなるので省いた。

「なに、西の丸じゃと」

丹兵衛が身を乗り出した。

「はい、若狭守様のお屋敷で」

「いつのことじゃ？」

数馬は日取りと、幕府の要人が顔を並べることを伝えた。

「婿殿も呼ばれておるのか？」

「まさか」

「まあ、そうじゃろうな」

丹兵衛が溜息《ためいき》交じりにいい、

「一貫斎殿が、それとなく伝えて下さればよいのじゃが」

「なにをですか？」

「婿殿のことじゃ。鉄炮を磨かせておくには惜しい者がおるとな」

丹兵衛が数馬を婿養子に迎えたのは、鉄炮方同心という自分の役を継がせるためにほかならない。本来なら、婿入りと同時にそうなるはずのことが、いまだ果たせずにいた。

数馬が町人上がりであることが、大元の原因である。武家の心得も知らぬ者に、家督をすんなり継がせるわけにはいかないと、鉄炮方に判断されたのだ。

代わりに与えられたのが、鉄炮磨同心という下級職で、日がな一日、鉄炮を磨くだけの単純作業なら、町人上がりでもこなせるだろうという、なんとも数馬を侮った配属だった。

いずれ鉄炮方の同心に引き揚げてもらえることになってはいるが、そんな背景があるだけに、先行きは怪しい。もし丹兵衛がなんらかの事情で役を降りることになっても、数馬が昇進できるかどうかは、そのときになってみないとわからない。

それゆえ丹兵衛は、一貫斎の株が上がれば、数馬もお零《こぼ》れに与《あず》かれると、期待しているのだ。

気持ちはわかるが、

「わたしは、さほど一貫斎さまのお役に立ってはおりません。むしろ、一貫斎さまから学ぶことばかりです」

たしかに学ぶことのほうが多い。

いや、学ぶというより盗むことが。

数馬は一貫斎の持つ知識から、発案に至るまで盗用していた。

風砲もそのひとつだ。一貫斎が記した設計図を手本にして、暗殺用に特化――小型で軽量――した風砲を創作していた。

もちろん許可は得ていない。そんな風砲が存在することも一貫斎は知らない。

黒子党は非情な組織である。無能な党員だと思われたら最後、死という名の制裁を与えられる。命を繋《つな》ぐには、党の役に立つ黒子であることを常に示さなければならない。師を裏切ってでも、そうするしかなかったのだ。

いまでは一貫斎を裏切ることに馴れてしまい、心の痛みさえ感じなくなっている。さすがに、そんな自分に嫌悪感を覚えるが。

「せめて、早く孫の顔が見たいものじゃ」

丹兵衛が寂しそうに呟いた。

子供がなかなかできないことも、丹兵衛を悩ませていた。数馬は聞こえなかったふりをした。

なにかいうべきだが、言葉が見つからなかった。

丹兵衛は、身分の低い自分を跡継ぎとして迎え、我が子同然に扱ってくれた。お陰で肩身の狭い思いをしたことは一度もない。

そんな丹兵衛を、いまでは数馬も実の親のように慕っている。

それだけに、丹兵衛の期待に応えられないことが心苦しかった。

——ひとつでも願いをかなえてあげたい。

数馬は切に思った。

第二章

一

非番のその日、数馬は午後のひとときを、役宅の庭で草むしりをして過ごしていた。

禄《ろく》だけでは食べていけない御家人にとって、庭は畑以外のなにものでもない。青々と育った野菜が一面に広がる光景も、貧しさを象徴するものといえた。

だが、田舎育ちの数馬は、そこにいるだけで寛《くつろ》ぐことができた。一貫斎の頼み事も片付けたいま、気持ちはこのうえもなく晴れ晴れとしていた。

それにつけても、一貫斎の草稿は驚嘆に値する内容だった。

『大小御鉄炮張立製作《だいしょうおんてつぽうはりたてせいさく》』と題された通り、一匁《いちもんめ》玉用の小型筒から十貫目玉用の大型筒までの一通りの鉄炮を取り上げ、従来は秘伝とされてきた国友流の鉄炮製造法を、余すところなく明かしていた。のみならず、一貫斎は国友村の製造法を基準とし、全国的に鉄炮の仕様を統一するよう提言していた。

実際、その記述は微に入り細を穿《うが》ったもので、図版も添えられ、この書さえあれば、鍛冶の心得のある者なら誰でも鉄炮を製造できるほどの出来栄えだった。

一貫斎はこの書を纏《まと》めることで、伝統として受け継がれてきた国友村の鉄炮製造技術を礎に、海外の脅威から日本を護《まも》る一助とせんとしているのは明らかだった。

――それにしても凄《すご》い人だ。

数馬はあらためて感じ入るとともに、自分が多少なりとも一貫斎の役に立てたことを嬉《うれ》しく思った。

というのは、意外にも一貫斎の草稿には、手直しが必要な箇所が、いくつかあったからだ。

どれも内容は正しかったが、説明が足らず、誤って解釈される恐れがあった。しかも鉄炮の製造過程において、肝といえる部分に集中していた。

そうなった原因は、一貫斎が桁外れの頭脳を持っているせいだった。天才には凡人の知力のほどが理解できない。それがために、記述が簡略になりすぎていたのだ。

数馬はそういう箇所を頭から順に、別の半紙に書き出しては、丁寧に筆を加えていった。最終的に要した半紙は、全部で十枚あまりになった。

それらと草稿を携えて、鉄炮会所《てつぽうかいしよ》に赴き、一貫斎に手渡したのが、昨日のことだ。

その場で確認した一貫斎は、満足げにうなずき、

「わしの目に狂いはなかった。お前に頼んで本当によかった」

そういって、感謝の気持ちを伝えてくれた。

いま思い出しても、心がほかほかしてくる。頬が自然に緩んだとき、突然、どこから
ともなく声が湧いた。

「あんたが流山さんか？」

「だ、誰だ？」

咄嗟《とっさ》に周囲に目を走らせたが、どこにも人の姿はない。

「上だよ、上」

見ると、若い男が屋根の上に立っていた。

一瞬、泥棒かと思った。しかし、泥棒が呼びかけてくるはずがない。それに男は、不
審者といった風情でもなかった。丸い顔に人懐っこい笑みを浮かべている。

「悪い、悪い。びっくりさせちまったようだな」

言うやいなや、男が宙に身を躍らせた。くるりと一回転して、数馬の前に降り立った。

あっけにとられた数馬に、男が念を押すようにいった。

「流山数馬さんだな？」

年は数馬より一つ二つ下か。身形《みなり》は外で働く職人風、背は普通で、身はがっしりと引

き締まっていた。

「そうだが」

「挨拶が遅れたが、あんたと同じ黒子《くろご》だ」

――黒子！

数馬は息を呑《の》んだ。

「親から貰《もら》った名は捨てちまった。俺のことは、が、が、がえんと呼んでくれ」

「がえんとは、武家火消しの臥煙《がえん》か？」

「そうだ。黒子党に拾われる前は、火消しで食《く》い扶持《ぶち》を稼いでいたもんでな」

道理で身が軽いわけだと、数馬は納得した。火消し人足の経験があれば、屋根に上がるのも朝飯前だろうと。

だが、なぜ、そんなことをする必要があるのか？

「いつから、あそこにいた？」

「別嬪《べつぴん》のご新造さんが、出かけたあとだ。それまでは家の周りをうろついて、あんたが一人になるのを待っていた」

「ならば、玄関から入ってきても、よさそうなものだ。なにがしたくて、わざわざ屋根に上った？」

「あんたが凄腕の殺し屋だと聞いていたもんで、つい試してみたくなった」

「なにをだ？」

「俺の気配に気づくかどうか」

聞いたとたん、悪寒が走った。臥煙が刺客として差し向けられていたら、間違いなくあの世に送られていた。

数馬は生唾を飲み込んでから訊《き》いた。

「用件はなんだ？」

「頭《かしら》が会いたがってる」

臥煙は党首に対しても敬語を使わなかった。育ちの悪さが窺《うかが》えたが、そんなことはどうでもよかった。

「仕事のことでか？」

頭から呼び出しを受けても、暗殺の依頼とは限らない。それ以外の用件であることを、数馬は心から願ったが、

「あんたに消してほしい奴《やつ》がいるそうだ」

臥煙のひと言で、暗澹《あんたん》たる気分に突き落とされた。

――ようやく忘れかけていた血の臭いを、また嗅がなくてはならないのか。

暗殺の依頼は不定期で、半年近く、途絶えたこともある。いずれ来ると覚悟していたが、こんなに早いとは思わなかった。前回から、まだ二ヶ月しか経《た》っていない。

　そのとき暗殺したのは、寺社奉行所の与力《よりき》だった。どこぞの寺から受け取った賄賂で、遊郭に入り浸っていた。その日も駕籠《かご》で吉原に向かっていた与力を、風砲《ふうほう》で射殺した。風砲は針のように細い弾丸を使用する。急所に撃ち込めば致命傷を与えられるが、より確実に仕留めるために、銃弾には毒を塗布する。

　その毒は必要に応じて黒子党から供給されるもので、由来は不明だが、銃弾が掠《かす》めただけで数瞬のうちに絶息するほど毒性が強い。

　その点では暗殺に適しているが、被毒により、大量の血を吐くという欠点があった。

　実際、数馬が風砲で射殺した五人全員が、一升近い血を吐いた。喉を掻《か》き毟《むし》りながら吐血する様は、まさに地獄絵図さながらで、苦しみがすぐに終わるのが、せめてもの慰めだった。

「あんたは、音のしねぇ不思議な鉄炮を使うそうだな。それでたいそう、党に重宝されているとか」

　数馬は黙ってうなずいた。

「そいつを俺にも、拝ませてくれねぇか？」

「せっかくだが、ここにはない」

　本当は役宅の天井裏に隠してあったが、見せる気はさらさらなかった。

「そいつは残念だ」

ふいに臥煙が、腰の後ろに手を廻《まわ》し、なにかを抜こうとした。

警戒した数馬は、数歩、後退《あとずさ》りした。

「勘違いすんな。俺の自慢の得物を見せてぇだけだ」

そういって臥煙が抜き取ったのは、長さ二尺（約六十一センチメートル）の鳶口《とびぐち》——先端に付けられた鉤《かぎ》を含め、柄まで鉄製の物騒なシロモノ——だった。

同じ党に属していても、いつ敵になるかわからない相手に手の内を晒すのは、無謀としかいいようがないが、

——巧《うま》い手を考えたな。

と、数馬は感心していた。

公儀は町人の武器携帯を禁じている。ただし、商売道具はその限りではなく、火消し人足が鳶口を持ち歩いても咎《とが》めは受けない。

臥煙はその法を逆手に取り、世間の目をまんまと欺いていた。

「ここを見てくれ」

臥煙が鳶口の柄の上部を指で示し、

「殺《や》った数だけ、筋を刻んである」

ざっと見て、十本はあった。たちまち気分が悪くなった数馬は、鳶口から目を背けた。

臥煙が笑みを浮かべたまま続ける。

「俺は三度の飯より、殺しが好きだ」

返り血を浴びた顔を愉悦で歪《ゆが》めながら、臥煙が鳶口を何度も振り下ろす様が、脳裏に浮かんだ。

——俺も汚らわしい人殺しだが、好き好んでやってるわけじゃない。こいつは、人の皮をかぶった獣《けだもの》だ。

その獣が不満げにいう。

「こんどの仕事は、あんたと組んでやることになったが、詰まんねぇことに、俺がこいつを使うことはなさそうだ」

数馬には経験がなかったが、狙う相手の数が多かったり、単独で仕掛けるには手に余る武力を備えている場合は、黒子が複数で任務に当たることがある。

行動をともにする以上、そのいずれかであるはずだが、臥煙は武器を使用しないことを残念がっていた。

そこから考えられる状況が、頭に浮かばなかった。

「どんな仕事か聞いているか？」

「俺の口からはいえねぇ。漏らしたことがばれたら、折檻《せっかん》されちまうからな」

臥煙が答えて、鳶口を腰に戻した。

「御頭様とは、いつどこで会えばいい？」

「これから俺が案内する」

「すぐ支度する」

「俺は外で待ってる。あんたが出て来たら、先を歩くから付いてきてくれ」

二人で連れ立って歩くところを、近隣の住人に見られないための配慮だろう。

「わかった」

数馬が首肯すると、臥煙がくるりと背を向けた。

そのまま歩きだすかと思いきや、いきなり、その場から跳躍した。

「あっ！」

数馬が小さく叫んだときには、臥煙の姿は高さ五尺の板塀の向こうへ消えていた。

こんな奴を敵に廻したくないと、数馬はつくづく思った。

二

臥煙に案内されたのは、増上寺《ぞうじょうじ》大門前のとある料亭で、役宅から歩いて四半刻《しはんとき》（約三十分）の距離だった。

「頭は庭の茶室にいる。こっからは独りで行ってくれ」

臥煙が料亭の前で別れを告げ、立ち去っていった。

門を潜《くぐ》ると、玄関へ続く飛び石が敷かれた小道の右手に庭が広がっていた。二百坪ほどの庭の隅に、藁葺《わらぶ》き屋根の茶室が見えた。

茶室の周囲は庭木で囲まれ、手前には池がある。その池に木橋が架かっていた。

数馬は庭を横切って茶室へ近づいていった。

姿は見えないが、庭のそこかしこに人の気配が感じられた。ざっと十人前後が、頭の警護に当たっているようだった。

橋を渡り始めると、餌をもらえると思ったか、池の水面に鯉《こい》が湧いた。三尺近い大きな鯉が十数匹も群がり、森閑とした庭に、ばしゃばしゃと水音を響かせた。

その音を聞きつけたか、茶室から頭の声が飛んできた。

「それ以上、近づくな！」

「ははっ」

数馬は、橋の上で片膝を立てて畏《かしこ》まった。頭が数馬に顔を晒したことは一度もない。対面したことは何度かあるが、そういうときはいつも頭巾を被っていた。

そこまでして頭が正体を隠す理由は、数馬を信頼していないからだ。数馬には大崎を焚《た》きつけて黒子党を探らせようとした前科がある。正体を知られたら、寝首を掻かれるかもしれないと懸念しているのだ。

要らぬ心配としかいいようがない。頭の怖ろしさは骨の髄まで染み付いている。その命を狙う勇気など、数馬は欠片《かけら》も持ち合わせていなかった。それどころか、同じ轍《てつ》を踏まないように細心の注意を払い、命懸けで尽くしているのに、失った信頼を少しも取り戻せないことに焦りを覚えていた。

頭がさっそく本題に入った。

「おぬしは、大坂屋《おおさかや》、杉本茂十郎《すぎもともじゆうろう》を存じておるか？」

「耳にしたことはございます。たしか、三橋会所《さんきようかいしよ》の頭取ではなかったかと」

三橋とは、新大橋、永代橋、大川橋のことで、いずれも町年寄《まちどしより》の管轄で、架け替えや修理にかかる費用は町方持ちとなっていた。文化四年（一八〇七）八月、深川八幡の祭礼にどっと繰り出した群衆の重みで、永代橋が崩落し、多数の死者が出る事故が起きた。

その事故を契機に、三橋の改架や維持・管理に要する費用を捻出するべく、会所を設置するよう公儀に願い出たのが杉本だった。公儀はこれを受理し、杉本は三橋会所の頭取に収まった。

「杉本は十組問屋と伊勢町の米会所の頭取も兼ねている。それら三つの会所を巧みに使い分け、私腹を肥やしておるのだ」

それから頭が続けたのは、次のような内容だった。

三橋会所で必要となる費用には、十組問屋が積み立てた冥加金《みようがきん》（一万二百両）を、財源とすることになっていた。しかし杉本は、その冥加金を米会所に流用し、米の買占めを行った。それが失敗してしまい、多大な損失を出した――。

「表向きはそうなっているが、じつは損金など出ておらぬ。杉本がそっくり懐に入れたのだ」

「それで、それがしに杉本を」

始末せよということか。

「いかにもそうだが、あやつの悪行はそれのみに留まらぬ。町年寄の樽屋与左衛門《たるやよざえもん》を利用するだけ利用したあげく、自害に見せかけて殺害した」

樽屋という名を聞くのも初めてだが、江戸の町年寄ともなれば、絶大な権力を握っているのだろうと数馬は思った。

「もっと早く潰しておくべきだったが、あやつは北町奉行の庇護《ひご》を受けていた」

北町奉行と聞いて、数馬は思い出した。先月の下旬、北町奉行の永田正道《ながたまさみち》が急死したことが、職場で話題になっていた。六十代後半の高齢者ということもあり、死因を疑う声はなく、もっぱら次の奉行は誰になるかで盛り上がっていた。

「もしや、先日、お亡くなりになられた、永田様のことでしょうか？」

「その通りだ」

あとは訊かなくてもわかった。

――御奉行様は、病いで果てられたのではない。黒子党に殺されたのだ。

あのときは、自分とは無縁な死だと思って聞き流したが、見えない糸で繋《つな》がっていたらしい。

ふいに、あたりが薄暗くなった。

日が陰ったのかと思ったが、見上げた空に雲はない。

怪訝《けげん》に思いつつ視線を戻したとき、橋板の木目が微《かす》かに動いたように見えた。目を凝らすと、木目が人の顔の形になっていた。大きさは蜜柑《みかん》ほどしかない。

——お、大崎さん。

血肉が剝《む》きだしになったあの顔でこそなかったが、般若《はんにゃ》の面のような、えもいわれぬ不気味な形相だった。

数馬は思わず悲鳴を上げそうになった。手で口を押さえてなんとか堪《こら》えた。大崎の顔が目に焼き付いていたが、首を強く振るとやっと消えた。

そうする間にも、頭の話は続いていた。

「……さすがに杉本も、次は己の番と悟ったようだ。数日前から人前に姿を現さなくなった」

家に籠もったということだろう。相手の警戒度合いによるが、襲撃に備えて籠城しているとしたら、虎穴に飛び込むようなものだ。仕留めるどころか、こっちの命が危うい。

「そうなると、杉本が家から出てくるのを待つしかございません」

「勘違いしておるようだが、あやつがいまどこにいるかもわからぬ。ぷっつりと消息を絶ってしまった」

それでは暗殺を仕掛けることもできない。返り討ちにされるされない以前の問題だった。

黒子党には探索を専門とする部署が存在する。そのことは以前、頭から聞いていた。そこに所属する『目』と称される党員が何人いるかまでは知らないが、血眼になって杉本を探しているはずだ。

見込みは薄いが、もし探索が不調に終われば、暗殺計画そのものが挫折する。数馬はそこに一縷《いちる》の望みを見出した。

しかし、その望みは頭の次の言葉で儚《はかな》く潰《つい》えた。

「居場所はわからぬが、杉本が今度、いつどこに現れるかはわかっておる」

「どういうことですか？」

「杉本は無類の花火好きだ。来る五月二十八日に行われる大川の川開きには必ず現れる」

「お言葉を返すようですが、花火が打ち上げられるのは、その日だけではありません」

両国の花火は、川開きの日から八月二十八日まで続く。数馬自身、昨年の七月中旬に、見物に行ったことがあった。

「当日に用いる船を、大坂屋の手代が手配したことも突き止めている」

数馬は内心で嘆息したが、まだ諦める気にはなれなかった。

「命を狙われていると承知の上で、姿を現すものでしょうか？」

「大勢がいる前で、襲われるはずはないと油断しておるのであろう」

昨年、会期半ばに見物したときも、両国橋とその近辺には、数え切れないほどの人と、百艘《そう》あまりの納涼船が集まっていた。初日ともなれば、人と船で寿司詰《すしづ》め状態になるのは容易に察しが付いた。

「杉本が姿を現しても、仕留めるのは難しいかと存じます」

「なぜそう思う？」

「人目に触れずには、杉本に近づくこともできませぬ」

「船で近づき、風砲で仕留めるつもりか？」

「はい」

数馬は、それしか想定していなかった。

「此度《こたび》は鉄炮を使え」

これには耳を疑った。

「そんなことをすれば、大勢に銃声を聞かれてしまいます」

わたしが撃ちましたと公言するようなものだ。

「銃声は花火の音で誤魔化せばよい」

なるほど、その手があったかと思ったが、

「音はともかく、橋の上も川岸も人で埋め尽くされてしまいます。そもそも鉄炮を撃つ場所がございません」

「それについては、わしに心当たりがある」

「どのような場所ですか？」

頭はそれには答えず、

「そこなら、人目に付くことはない。ただし、大川から一町は離れている」

大川の川幅も、ほぼ一町（約百九メートル）。杉本の船が対岸沿いにいたら、二町近い距離から狙撃しなければならなくなる。しかもそれは船が正面に位置する場合に限られる。もし船が斜めに見える位置にいたら、距離はさらに遠くなる。

数馬が一撃必殺で標的を仕留められる距離は、せいぜい一町半までだ。それを超えると、命中させる自信はなかった。

しかし、できないとは口が裂けてもいえない。いったら最後、頭に見切りをつけられる。そのときには、この庭が数馬の終焉《しゅうえん》の地となるだろう。

数馬の内心を見透かしたように頭がいった。

「かつて党には二町先の杯を、一発で撃ち砕いた黒子がいた」

その距離では、杯を目視できたかどうかも怪しい。

「本当に、そんな黒子がいたのですか？」

「党の記録に残っているので間違いない。その黒子は的が人なら、五町離れていても、一撃必殺だったとも記されている」

火薬の量を多くするなどすれば、五町先でも銃弾は届く。だが、急所に着弾させるのは極めて難しい。その話が事実なら、神業としかいいようがない。

「おぬしも裏流宗家の名を汚したくなかったら、それくらいのことはやってみせろ」

頭が追い討ちをかけるようにいった。

「裏流宗家とは、なんのことでございますか？」

数馬は思わず訊き返した。

「とぼけておるのか？」

「なんのことか、さっぱりわかりません」

「国友村を出る際に、秘伝書を授かったはずだ」

「なにも、受け取っておりません」

数馬の言葉を吟味するように、頭が暫時、沈黙した。

「嘘《うそ》ではなさそうだな。それにしても、どうしてそんなことになったものか……」

党首が独り言を呟《つぶや》いてから、

「正しくは国友砲術裏流宗家と称する。そう呼ばれるようになったのは、結党されて以来、党の砲術師は国友村からのみ選出されてきたからだ」

初めて耳にする話だった。

「それがしで何代目ですか?」

「十二代目だ」

数馬はふと、ある老人のことを思い出した。老人は黒子で、掟《おきて》を破って党を離脱していた。それゆえ党の追及を逃れ、奥深い山中に身を潜めていたのだった。

その老人は鉄炮を武器としていた。つまり同郷の出身で、かつ裏流宗家であったことになる。

そして老人が携えていた鉄炮は、全長六尺を超える異様なシロモノだった。

——あの筒なら、五町はおろか六町先まで、玉を飛ばせるだろう。頭が話していたのは、あの人のことかもしれない。

数馬は慎重に言葉を選んで問いを重ねた。

「差《さ》し支《つか》えなければ、教えて下さい。杯を撃ち砕いたという話は、いつ頃のことでしょうか?」

「元文《げんぶん》四年の春だ」

党首が即答した。

およそ八十年前のことになる。あの老人は、まだ生まれてもいない。

「場所は、尾張《おわり》藩の江戸屋敷だ。当時、国を挙げて倹約に努めていたにもかかわらず、宗春《むねはる》公は贅沢三昧《ぜいたくざんまい》を繰り返された。そうすることで、ご公儀への当てつけとしたのだ。再三、八代様から咎めを受けても、聞く耳を持たれなかった」

話の流れで、標的は宗春であったとみて間違いなかった。

「そこまで侮られても、八代様には、宗春公を亡き者にするほどのお気持ちはなかった。党に命じられたのは、いつでも殺せると脅すことであった」

「それで、杯を撃つことになったのですね」

「その通りだ。当日、宗春公は屋敷の庭で宴を開いておられた。豪胆な宗春公も、手にしていた杯を鉄炮玉で砕かれるに至り、さすがにまずいと、お気づきになられた。その夜のうちに八代様にお目通りを乞い、悔い改めると誓われた。それを受け、八代様が蟄《ちっ》居《きょ》するよう命じられたのだ」

党首が茶でも啜《すす》ったか、間が開いた。

「いま話したのが、宗春公が藩主の座から追われたときの真相だ。これで、黒子党がいかに、お上のお役に立ってきたか、おぬしにもわかったであろう」

「ははっ！」

「決行まであと二十日もある。それまでに、しっかりと準備を整えておけ」

数馬にとっては、二十日しかない。

「しかと承りました」

半分は自棄《やけ》、もう半分は解決策を思いついたからだった。万全の策とはいいがたいが、試してみる価値はあった。

三

それから四半刻後、数馬の姿は、芝《しば》の鍛冶町《かじちょう》にあった。

鍛冶町はその名の通り、鍛冶屋が軒を並べる町である。数馬が訪れようとしていたのも、その中の一軒で、屋号を『鉄壱《てついち》』といい、釘《くぎ》造りを専門としていた。

「ごめん下さい」

開け放しになっていた戸口から声を掛けると、ややあって薄汚れた作業着を纏った主の仁平《にへい》がのっそりと顔を出した。

仁平は五十代半ばだと聞いたことがあるが、髪の毛は黒々としている。五尺五寸の身体はがっしりと引き締まり、四十代にしか見えなかった。

数馬を一瞥《いちべつ》した仁平が、

「どうも」

と、ぶっきら棒に応じた。あとは勝手にやってくれとばかり、踵《きびす》を返した。

無視されたも同然だが、数馬は気分を害するでもなかった。いつものことなので馴《な》れていたし、そもそもここへ来た目的が釘を買うためではなかったからだ。

鉄壱はただの鍛冶屋ではない。釘造りはしているが、実態は黒子党の武器製造所にほかならなかった。

「お邪魔します」

いちおう声をかけて、数馬は土間に入った。そこから通路を抜け、裏庭に出た。

庭の一角に建つ蔵の前に立ったとき、刺すような視線を背中に感じた。これもまたいつものことで、誰に見られているかもわかっていた。

仁平の一人息子の角蔵《かくぞう》だ。二人が偽の親子ということはありえても、党員であることに疑いの余地はない。その任務が武器製造であることもたしかだが、かと言って、暗殺要員を兼任していないとは言い切れなかった。

とくに角蔵は怪しい。

何度か顔を合わせたことがあるが、立居振舞に隙がなく、片時も油断していなかった。いま数馬に注がれている視線にも、殺気に近いものが含まれていた。

角蔵の目を逃れようと、数馬は急いで蔵の扉の閂《かんぬき》を外した。重い扉を開けたとたん、流れ込んだ風で黒い粉塵が、もうもうと舞い上がった。

その蔵には、さまざまな資材が保管されている。炭もそのひとつで、粉塵は炭俵から漏れ落ちた粉屑《こなくず》だった。

数馬は息を止めて蔵に入り、すぐに扉を閉じた。

戸口からの光は遮断されても、蔵の窓が開いていたので、暗くて立ち往生することはなかった。

「俺だ」

数馬は蔵の二階に向かって声を投げた。

その声が反響しただけで、返事はない。

――下か。

蔵には秘密の地下室がある。そこが党から提供された数馬専用の工房で、蔵の床の隅に昇降口が設けられていた。

その昇降口の跳ね上げ式の扉が開いていた。

四角い穴を覗《のぞ》き込むと、地下室に明かりが灯《とも》っているのがわかった。数馬は傾斜のきつい階段を降りていった。

地下室は幅が一間半（約二百七十三センチメートル）、奥行き六間で、天井は立って歩けるぎりぎりの高さしかない。全面が板張なので、箱の中にいるような閉塞感があった。

地下室には蹈鞴《たたら》を除いて、必要な作業用具はすべて揃《そろ》っていた。奥のほうに据えられた作業台の手前に、胡坐《あぐら》をかいて座っている男の背中が見えた。百目蠟燭《ろうそく》に照らされた男の影は、数馬の足元まで伸びていた。

作業に没頭していた男が、気配に気づいて振り向いた。

「なんだ、佐助か」

男は数馬を昔の名で呼んでいた。

「元気にしてたか？」

「死人に向かって、元気かもねぇもんだ」

可笑《おか》しくもなさそうに笑った男は、二年前に死んだことになっていた。

名は陣八郎《じんはちろう》。竹馬の友でありながら、黒子党と裏で繫がる国友村の筆頭年寄・中里兵《なかざとへい》太郎《たろう》の策謀により、数馬の命を狙ったあの陣八郎だった。

中里の策謀には、ほかにも数馬の友人――源《げん》ノ助《すけ》と勇太郎《ゆうたろう》が巻き込まれた。

陣八郎を含めた三人は、数馬に次ぐ銃の名手だった。中里は三人に不意討ちを仕掛けさせて、数馬が黒子に求められる実戦能力を備えているか否かを、試そうとしたのである。

数馬は敵の正体もわからぬまま必死で闘い、二人をその手で射殺した。

もう一人は誤って仲間に撃たれ、瀕死の重傷を負っていた。それが陣八郎だと気づいて介抱したが、間に合わなかった。数馬は三人とも死んだと思い込んでいた。

陣八郎が奇跡的に助かったことを知ったのは、鉄壱を初めて訪れたときだった。風砲を製造するに当たり、党から助手をつけて貰えることになっていた。それが陣八郎だったのである。

これはあとで聞いたことだが、傷が癒えるまでに三ヶ月もかかったという。

その間、陣八郎は中里家の座敷牢《ざしきろう》で寝たきりで過ごし、回復と同時に船で江戸に護送された。以後、鉄壱で武器の製造を手伝わされるようになったという経緯だった。

——あの頃に比べると、だいぶ増しになったな。

およそ一年前に再会したとき、陣八郎は別人にしか見えないほど容貌が変わっていた。がっしりと固太りしていた身体はがりがりに痩せ細り、褐色に日焼けしていた肌も青白くなっていた。

いまも肌の色は相変わらずだが、肉付きはかなり良くなっていた。

「この前、佐助が来てから、もう一月《ひとつき》になるのか」

陣八郎がぼそりと吐いた。

「いや、まだ半月しか経っていない」

数馬はなにげなく訂正して、はっとした。

陣八郎は蔵に軟禁され、すぐ近所にある風呂屋にも、監視付きでなければ行けない不自由な生活を強いられている。そのせいで、月日の経過がわからなくなっているらしい。もう一月になると勘違いしたのも、数馬が月に一度、定期的に鉄壱を訪れているからだと思われた。

——陣八郎がこんな扱いをされているのも、俺が党から信用されていないからだ。

そう思うと胸が苦しくなった。

「急ぎの用でも出来たのか？」

「仕事が入った」

数馬が短く答えると、

「それで、こいつを試しに来たのか」

陣八郎は、作業台の上に転がっていた十数発の銃弾を目で示した。

それらは一貫斎が所持していた西洋の銃弾——入手先が判明すると、譲渡してくれた相手に迷惑がかかるということで教えてくれなかった——を模したもので、独特の形状をしていた。先端が尖《とが》った円筒形で、椎《しい》の実の形に似ている。

「ああ、今度の仕事で使えないかと思ってな」

数馬は作業台を挟んで、陣八郎の向かいに腰を下ろした。党の頭から依頼された仕事の内容と期日を伝えた。

「たった二十日しかねぇのか」

陣八郎が溜息《ためいき》交じりに呟いた。

「もしかして、鉄炮をまだ張り立ててないのか？」

鉄炮を造ることを張り立てるという。数馬は一月前に来た際、西洋式の銃弾とともに、それを撃つ鉄炮の製造を併せて頼んでいた。

「そんなもん、とっくに出来上がってる」

言葉とは裏腹に、陣八郎の表情は冴《さ》えなかった。

「とにかく、見せてくれ」

陣八郎が作業台の下から鉄炮を取り出した。受け取った数馬は、

「随分、軽いな」

まず、そのことを口にした。

「なにしろ筒が細いからな」

縦に長い銃弾にあわせて、銃身も細くなっていた。その分だけ重量が減るのは当然だが、

「ここまで軽くなるとは思わなかった」

「もっと重いほうがよかったか？」

「いや、これでいい」

腕力の劣る数馬には、むしろ嬉しい誤算だった。

「それを聞いて安心したぜ。冷や冷やしてたんだ。一から造り直せといわれても、二十日じゃきついからな」

陣八郎が日数を気にしていたのは、そのせいだとわかった。

数馬は座ったまま、鉄炮を構えた。

「床尾《しょうび》の長さも、ちょうどいい」

通常の和銃とは違い、床尾（銃床）を頰ではなく、肩に当てる方式を採用していた。

鉄炮の製造は分業制で、床尾の加工などは専門の職人が行うのが普通だが、陣八郎は全工程を一人でこなすことができた。

「あとは撃っての、お楽しみだな」

陣八郎が、さっそく装塡に取り掛かった。上薬（銃身に詰める火薬）を銃口に注ぎ込もうとして、なぜか首を捻《ひね》った。

「上薬の量はどっちに合わせりゃいいんだ？」

陣八郎が混乱するのも無理はなかった。鉄炮を扱い慣れた者ほど、口径の大きさで銃弾の重量を推定する癖が付いている。この銃の場合、口径は二匁玉に相当するが、装塡しようとしている銃弾は重さが六匁あった。

「玉の重みに合わせたほうがいいだろうな」

「やっぱり、そうだよな」

納得した陣八郎が、てきぱきと装塡作業を進めた。

四

十回の試射で、全弾が的の中央に着弾した。

結果は上々だったが、それが銃弾の形状による効果なのかどうかはわからなかった。的までの距離が六間しか取れないからだ。長細い地下室を斜めに使っても、それが限界だった。

「玉はともかく、筒は申し分のない仕上がりだ。陣八郎、ますます腕を上げたな」

「こんな玉を撃つ筒は、一貫斎さまも造ったことがねぇだろうな」

陣八郎が得意げに胸を反らした。

「お前が先駆けだ。一貫斎さまも造ろうとされているが、いまは忙しすぎて暇がない」

事実を伝えたまでだが、配慮が足りなかったらしい。陣八郎が僻《ひが》んだようにいった。

「俺には、ほかにやることがねぇからな」

数馬は言葉に窮した。

「すまねぇ、ただの愚痴だ。聞き流してくれ」

陣八郎は右脇腹に被弾したことで下半身が不自由になり、杖《つえ》がなくては歩けなくなっていた。陣八郎を撃ったのは源ノ助だったが、数馬は弾除《たまよ》けにした責任を感じていた。

愚痴で気が晴れるなら、いくらでも聞いてやろうと思った。

「ほかにもいいたいことがあるなら、なんでもいってくれ」

「甘えていいのか？」

「遠慮するな、友達じゃないか」

「じゃあいうが、世にも珍しい鉄炮を造っても、褒めてくれるのはお前だけだ。そう思うと虚《むな》しくなる」

世間に評価されないことを、陣八郎は嘆いていた。

「気持ちはわかる。俺も使われる当てのない鉄炮を磨いていると、ときどき虚しくなるからな」

「でも佐助は、外に出られる。俺にはそんなことも許されてねぇ。それだけでも羨ましいぜ」

たしかにその通りだ。陣八郎の境遇は、籠の鳥と少しも変わらない。

「お前の気持ちがわかるなんて、いえた義理じゃないな。いまのは聞かなかったことにしてくれ」

「……いや、どっちもどっちかもしれねぇな」

「うん？」

「俺のほうこそ、お前の気持ちを、これっぽっちも思い遣《や》っていなかった」

しんみりと口にした陣八郎が、

「佐助は外に出られる代わりに、恨みもない相手を撃ち殺さなきゃなんねぇ。それはそれで辛《つら》い思いをしているだろう」

「そこはまあ、そうだが」

数馬は曖昧に肯定した。

「それにしても、なんでこんなことになっちまったんだろうな」

陣八郎が天井を見上げて、大きな溜息を吐《つ》いた。

「俺たちは、なにも悪いことはしていなかったのにな。こうなる定めだったと諦めるしか、ないんだろうな」

数馬は、常々、思っていることを口にした。

「だとしても、ここまで酷《ひど》い目に遭わされる筋合いはねぇ。神だか仏だか知らないが、本当にいるなら、思いきり、ぶん殴ってやりてぇ」

神仏まで罵倒して気が済んだか、陣八郎が鉄炮に視線を向け直した。

「今度の仕事に使えそうか？」

「正直、なんともいえない」

「だよな。もっと広い所でぶっ放してみねぇと、玉がどこまで飛ぶかもわからねぇもん

「それをいってもなにも始まらない」

限られた条件の中で、最善を尽くすしかない。「ただ、なにか足りないような気はしている」

「なにが、どう足りねぇんだ？」

「それがわかったら苦労はしない。思いついたら、そのときは頼む」

「あのときの二の舞か」

陣八郎が、うんざりしたようにいった。

風砲を製造したとき、完成までにかけられる期間は、わずか一月あまりしかなかった。

数馬は鉄炮磨《てつぽうみがき》の仕事もしなければならず、その分、陣八郎に負担がかかった。

「陣八郎が寝る間も惜しんで働いてくれたお陰で、俺はいまもこうして生きていられる」

風砲が完成したのは暗殺の前日で、そのとき銃弾には、まだ手をつけてもいなかった。

鉄壱の釘を加工してなんとか間に合わせたほど、陣八郎は時間に追われたのだった。

「そこはお互い様だ。試し撃ちも碌《ろく》にできねぇまま、ぶっつけ本番でやらなきゃならなかったのに、佐助はやり遂げてくれた。もし失敗していたら、俺もここにはいねぇ」

――ちょうど去年の今頃だったな。

初めて風砲で人を撃ったときのことが、脳裏に浮かんできた。

標的は大奥の御年寄（奥女中の最高位）で、名を琴乃《ことの》といった。頭に聞いたところによると、改鋳で不正な利益を得ようとした者どもを陰で操った黒幕ということだった。それ以上のことは、教えてもらえず、こちらから訊くのも怖かった。

暗殺は、琴乃が宿下がりをした日に決行することになった。当日、仕事を終えた数馬は黒子党の手引きで、上野の不忍池《しのばずのいけ》の辺《ほとり》にある曖昧宿に忍び込んだ。

琴乃には想い人《おもびと》がいて、宿下がりするたびに逢引《あいびき》を重ねていたのは『目』の調査で判明していた。その日の夕刻、琴乃と愛人が離れの一室で、待ち合わせていることも事前にわかっていた。

数馬は分解して運び込んだ風砲を、庭石の陰に隠れて組み立てた。やがて琴乃が到着して離れに入った。その際、目にした琴乃はいわゆる小股の切れ上がった女で、抜けるように白い肌は、三十代半ばには見えない瑞々《みずみず》しさを保っていた。

待てど暮らせど、琴乃の想い人は現れなかった。じつはそのときすでに、この世にはいなかった。その日の朝、別の黒子の手で殺害されていたのだ。

痺《しび》れを切らした琴乃が、離れの障子を開いて縁側に出て来た。着物は脱いで半襦袢《はんじゅばん》のみを纏っていた。太腿《ふともも》を露《あらわ》にした琴乃が切なげに息を漏らす姿には、熟れた女の色香が漂っていた。

女を撃つのは初めてということもあって、本能は忌避していた。だが、絶好の機会を見逃すわけにはいかない。迷いが生じる前に数馬は引き金を引き、琴乃の細い首に銃弾を撃ち込んだ。

「あっ！」

琴乃が小さく叫んで顔を顰《しか》めた。その様子からは、針のように細い銃弾が、どれほどの痛みを与えたのか、よくわからなかった。

「うぐっ」

琴乃が呻《うめ》くと同時に、手で口を押さえた。

次の瞬間、指の隙間から鮮血が迸《ほとばし》った。

数馬は咄嗟に目を背けた。惨状を目にすると、記憶に焼きついてしまう。それを避けるためだった。

琴乃が庭に転げ落ちたのが音でわかった。それきり音は絶え、不気味な静けさが訪れた。

銃弾を撃ち込んでから死に至るまで、ほんの数瞬だった。毒の効果の凄《すさ》まじさに戦慄を覚えつつ、数馬はうつ伏せに倒れた琴乃に駆け寄った。

頭部を中心に拡がった血の円は、まだ拡張を続けていた。死骸の顔を見ないように、手探りで喉に刺さっていた銃弾を回収し、即座に退去した。

その後、琴乃の死骸がどうなったのかは見ていない。おそらく党員が後処理をしたのだろう。数日後、大奥の御年寄が実家で病死したとの噂《うわさ》が流れた――。

「党を裏切った俺にとって、風砲は命綱だった。あの仕事をしくじれば、あとがないと思っていた。是が非でも成功させせなくてはならなかったが、いざそうなってみても、生きた心地がしなかった」

そもそも風砲の製造を思い立ったのは、殺すには惜しいと、党首に思わせるためだった。風砲ほど暗殺に適した武器はない。それを操る黒子なら、さすがの党首も考え直すだろうという目算に基づいていた。

その目算がはずれたのだ。殺すには惜しいと思わせるどころか、裏切り者を生かしておく理由がなくなった。なぜなら、風砲と毒さえあれば、誰でも簡単に人を殺せると、逆に証明してしまったからだ。

陣八郎が思い出したようにいう。

「そういえば、ちょっとした物音にも飛び上がって驚いてたな」

「道で擦れ違う人まで黒子に見えた。夜もほとんど眠れなかった」

「げっそりやつれて、いい男が台無しだったぜ」

数馬が実年齢より老けて見られるようになったのは、その頃からだった。

結局、党に抹殺されるという危惧は杞憂《きゆう》に終わったが、その後の状況は大して変化していない。いまも恐怖で縛りつけられ、薄氷を踏むような日々が続いている。

なんの拍子か、突然、閃《ひらめ》いた。

「そうか！　もっと筒を長くすればいいんだ」

「そうすれば、より遠くへ玉を飛ばせるのはたしかだが……」

陣八郎が渋るのも当然だった。そのためには、銃身を造り直さなくてはならない。

「いや、このままでいい」

数馬は前言を撤回した。

「そう簡単に諦めるな。俺たち二人の命が掛かってるんだぞ」

陣八郎が怖い目で睨《にら》んできた。が、すぐに目元を緩くすると、

「ようは、長くすりゃいいんだろ」

「それはそうだが」

「筒を張り立てなくても、できる方法がある」

「なにか思いついたのか？」

「筒を繫いで伸ばせばいい」

陣八郎が、銃身と同じ太さの鉄の筒を溶接して継ぎ足そうとしていることはわかった。

そうすれば銃身を新たに製造しなくて済むが、それはそれで別の問題が生じることに数馬は気づいた。

「この筒の長さは、だいたい三尺半だ。あと一尺は長くしたいが、四尺半の筒となると、持ち運ぶときに目立ってしまう」

「いや、俺が思いついた遣り方なら、筒の長さはいまと同じにしておける」

「そんな都合のいい遣り方があるのか?」

「螺子《ねじ》で繋ぐんだよ」

「そうか、その手があったか!」

継ぎ足す銃身は部品として携行すればいいという斬新な発想に、数馬は思わず膝を打った。

「へへっ」

陣八郎が照れ笑いした。「この遣り方ならそんなに手間もかからねえ。十日もあれば、充分だ」

「それはありがたい。出来上がった頃に見に来る。そのときなにか礼をしたい。差し入れてほしいものがあったらいってくれ」

「そうだな……酒がいい」

「わかった。飛び切り上等の酒を奮発する」

数馬は陣八郎の肩を叩《たた》いて約束した。

五

翌朝、いつもより早く床を離れた数馬は、朝靄《あさもや》が立ち込める役宅の庭で鍬《くわ》を握っていた。

農作業に勤《いそ》しんでいたのではなく、鍬を鉄炮に見立てて構えていた。鍬は鉄炮ほど重くないが、刃が先端についているので重心が偏っている。その負荷に耐えながら、かれこれ四半刻は同じ姿勢を取り続けていた。

「婿殿、いったいなにをしておるのじゃ？」

声に振り向くと、丹兵衛が縁側に立っていた。しばらく前から、数馬がしていることを見ていたようだった。

「義父上《ちちうえ》、おはようございます」

数馬は鍬の先を地面に下ろして挨拶した。それから、

「鍬を使って砲術の稽古をしておりました」

と説明した。

「そういうことであったか。感心なことじゃが、どうしてまた？」

数馬が急に稽古を始めた理由を、丹兵衛は訝しがっていた。
「これという訳はありません。強いていうなら、勘が鈍っていないかどうかを確かめておりました」
それをどう受け取ったか、丹兵衛がふむふむとうなずき、
「なににせよ、良い心掛けじゃ。せいぜい励むがよい」
そう言い残して、厠のほうへ歩いていった。

——うまく誤魔化せたな。

これという訳はないといったのはもちろん嘘で、数馬が俄に稽古を始めたのは、杉本茂十郎の暗殺に備えてのことだった。

今回の案件は、そのときになってみないとわからないことが多く、いろいろと困難が予想された。例えば、党首は人目に付かずに狙撃できる場所があるといったが、それだけでいいというものではない。周囲からの視線に晒されない代わりに、射撃の導線が確保できない場所かもしれないからだ。

そういった不確定要素が多々ある中で、もっとも悩ましいのが、標的の位置を予測できないことだった。

標的までの距離は最短でも一町あまり、最長では三町を超える可能性がある。距離が長くなればなるほど、成功率が下がるのは言うまでもない。

失敗したら命はない。それを避けるには、成功率を引き上げるしかない。そしてその鍵となるのが、暗殺に使用する兵器の改良と、それを扱う者の技量の向上である。

数馬が鍬を鉄炮代わりにして、同じ姿勢を取り続けていたのも、いつ訪れるかわからない狙撃の瞬間を待てる腕力を鍛えると同時に、集中力を養成するためだった。

――これくらいにしておくか。

その場で、疲労の蓄積した両腕を交互に揉《も》み解《ほぐ》していると、若狭が縁側から声をかけてきた。

「旦那さま、朝餉《あさげ》の支度が整いました」

「はい、いま行きます」

数馬は庭の隅にある物置小屋に鍬を片付けてから、茶の間に向かった。ちょうど若狭が配膳を終えたところだったが、丹兵衛の姿はなかった。

「義父上は？」

若狭に訊《たず》ねると、

「一度、お見えになったのですが、なにか探すものがあるとおっしゃって」

要領を得ない答えが返ってきた。

家長より先に箸を取るわけにもいかないので待っていると、しばらくして丹兵衛が長細い桐《きり》の箱を抱えて現れた。

上座の席について、箱を膝の上に置いた丹兵衛がいった。

「当家に伝わる家宝じゃ」

紫色の紐《ひも》を解いて蓋を開いた。

箱の中に入っていたのは鉄炮だった。それも、

「これはまた見事な」

数馬が思わず口にしたほどの高級品で、銃床は黒檀《こくたん》、鉄の銃身には金を惜しげもなく使った象嵌《ぞうがん》が施されていた。

「どうじゃ、驚いたか？」

「こんなに美しい筒は、見たことがありません」

「手に取ってみよ」

「よいのですか？」

「よいも悪いもない。わざわざ引っ張り出してきたのも、婿殿の稽古に使ってもらおうと思ったからじゃ」

「家宝を稽古になど使ったら、ご先祖様のバチがあたります」

数馬は固辞したが、

「寝かしておいても、なんの役にも立たぬ。婿殿のためになるなら、ご先祖様も喜ばれるはずじゃ。それとも、この筒では不足か？」

「とんでもございません。ありがたく拝借させていただきます。傷など付けぬよう大切に扱います」

数馬は箱の中の鉄炮を、恭《うやうや》しい手つきで持ち上げた。

「婿殿には釈迦《しやか》に説法であろうが、堺《さかい》で張り立てられた筒じゃ」

丹兵衛に聞かされるまでもなく、前目当て（銃身の手前にある照準）が富士山の形をしていることや、銃身が八角形であることから、堺製の鉄炮であることは明らかだった。

「それにしてもご先祖様は、これほどの品をよく手に入れられたものですね」

流山家は先祖代々、鉄炮方同心を務めてきたが、所詮、貧乏御家人にすぎず、美術品としても通用する逸品を家宝にできる家柄ではない。

「じつはな」

丹兵衛が囁《ささや》くようにいった。「堺の鉄炮鍛冶から、わしの曽祖父に贈られたものじゃ。便宜を図って貰ったことへの感謝の印としてな」

いわゆる賄賂だった。

「なるほど、そういうことでしたか」

「父から譲られたとき、困ったときは売ってもよいといわれたが、なんとか手放さずに済んだ。婿殿に無事に譲り渡すことができて、肩の荷が下りたような気がする」

数馬は拝借するつもりしかなかったが、丹兵衛は譲渡しようとしていた。

さすがにそれは断ろうと思ったが、

「当主のわしが決めたことじゃ」

と、丹兵衛に先んじられた。

数馬は助けを求めて、若狭に視線を向けた。

「お父さまにそういわれたら、断るわけにもいきませんね」

「……そうですね」

同意するしかなかった。

数馬は鉄炮を両手で捧げ持ち、丹兵衛に向かって頭を下げた。

「義父上、ありがとうございます」

流山家の一員として、正式に認められたような気がして嬉しかったが、人殺しの稽古に家宝を使うと思うと、素直に喜べなかった。

六

早起きが祟《たた》ったか、数馬は仕事をしながら、欠伸《あくび》を繰り返していた。

——このままだと、いつまで経っても片付きそうにない。

眠気のせいで作業が遅れている。間もなく昼休みの時間になろうとしていたが、一日三十挺《ちょう》の割り当てを、まだ三分の一もこなしていなかった。

数馬は鉄炮蔵の外にある井戸で、顔を洗ってくることにした。戸口に向かって歩いていくと、どこからともなく鼾《いびき》が聞こえてきた。

一緒に働いてる数人の同僚は、広い鉄炮蔵のあちこちに分かれて作業に当たっていた。一人としてその姿は見えなかったが、

——坂口《さかぐち》さんだ。

勤務中に居眠りをするような不届き者は、ほかには思い当たらなかった。

はたして猫が喉を鳴らすような音を辿《たど》っていくと、鉄炮箪笥《たんす》の列の間に、坂口弦介《げんのすけ》が大の字になって眠っていた。

数馬は坂口の肩を揺さぶった。あえて声をかけなかったのは、以前にも坂口が居眠りした咎で、年長の同僚に叱り飛ばされたことがあったからだ。

「うん？」

坂口が目を開いて、あたりをきょろきょろした。

「ここはどこだ？」

「鉄炮蔵ですよ」

数馬は小声で伝えた。なぜか坂口が舌打ちをした。

「なんだ、夢だったか」

坂口は尊敬できない先輩だが、どこか憎めないところがある。二人とも町人上がりということもあり、気安く付き合える間柄でもあった。

数馬は笑いを堪えていった。

「せっかくのところを邪魔してすみません」

「いや、こっそり起こしてくれて助かったぜ。またどやされるのは、真っ平ごめんだからな」

「ところで、どんな夢を?」

「道端で小判を一枚、拾ったんだ。それを持って賭場に出かけたら、出る目、出る目が当たって、あっという間に小判の山ができた。よし! この金で吉原へ繰り出そうってときに、目が醒《さ》めちまった」

その夢には、坂口の願望がそのまま現れていた。

裕福な材木商の三男坊として生まれ育った坂口は、飲む打つ買うの三拍子が揃った放《ほう》蕩《とう》息子だった。そんな息子の将来を案じた親は、高値で取引される御家人株を買って坂口を武家に仕立てた。生活が変われば、息子もまともになるだろうと期待して。

ところが、武家になっても坂口の放蕩癖は一向に治まらなかった。それでも親は援助を続けたが、家業が振るわなくなり、半年前に店を畳んだ。

残ったのは借金だけで、放蕩息子の尻拭いどころではなくなり、当然のごとく坂口は金欠に陥ったのだった。

――呆《あき》れたことに、まだ懲りてないようだな。

坂口は一攫《いっかく》千金を狙って、昨夜《ゆうべ》も賭場に行ったらしい。だから仕事中に居眠りをしたものと思われた。

「げっ、見廻りだ」

坂口が慌てて鉄炮簞笥を引き開けた。鉄炮を二挺取り出し、一挺を数馬に押し付けた。

「それを持って、早く持ち場に帰れ」

坂口がいったが、数馬はその場を動かなかった。

「どうも見廻りではなさそうです」

二十歳そこそこの見知らぬ若者が、こっちへ向かって来ていた。身形で鉄炮方の与力だとわかったが、怠け者を探すような目付きはしていなかった。むしろ緊張でがちがちになっているように見えた。

数馬はこくりと頭を下げた。

「お勤めご苦労さまです」

いいながら若い与力が近づいてきて、数馬たちの前で足を止めた。

「どうも初めまして。このたび鉄炮方の与力を拝命した諫早隼人《いさはやはやと》と申します。何卒《なにとぞ》、よろしくお願いします」

やはり見廻りではなく、新任の挨拶だったが、その名を聞いた瞬間、血の気が引いた。

「坂口です。よろしく」

ぶっきら棒にいった坂口が、申し訳程度に顎を引いて会釈した。

数馬は笑顔を作って応じた。

「それがしは流山と申します。こちらこそ、よろしくお願い致します」

「あなたが、そうでしたか」

隼人が切れ長の目を大きく開き、

「父が生前、お世話になったそうで、ありがとうございました」

と、膝に額が付きそうなほど深々と低頭した。

数馬は戸惑う一方、疑念に駆られた。

――お世話になったとはどういう意味だ？　もしかして、なにもかも知っているのか？

隼人の父、諫早兵庫《ひょうご》とは深い因縁があった。彼は黒子で、しかも大崎の親友だった。兵庫は親友を殺された恨みを晴らそうと、数馬の命を狙ってきたが、それが党主の命に逆らう行為であったがゆえに、抹殺されたのだった。

その際、黒子に数人がかりで嬲《なぶ》り殺しにされた兵庫は、数日後に大川《おおかわ》の河口で発見された。数馬は仮病を使って葬儀には出なかったが、参列した丹兵衛によれば、町方の役人は誤って落水して溺れ死んだものと断定し、下手人の捜索は行わなかったということだった。

隼人が兵庫の名跡のみならず、裏の仕事まで引き継いだとしたら、父親が死んだ経緯まで知っていても、なんの不思議もない。

――親の仇《かたき》を、その目で確かめに来たのかもしれない。

顔面が蒼白になったのが、自分でもわかった。

隼人が近づいてきた。

「顔色が優れませんが、大丈夫ですか?」

心から案ずるような口調だったが、数馬は思わず、後退りしそうになった。

「いえ、なんともありません」

「お仕事の邪魔になるので、今日はこれくらいにしておきます。こんどまたゆっくり、父の話を聞かせて下さい」

数馬はなにもいわずに、ただうなずいた。

「では、また」

隼人が次に挨拶する相手を求めて、その場から足早に去っていった。

「与力だかなんだか知らねぇが、ただの若造じゃねぇか」

坂口がいまいましそうに呟いた。「あんな奴にぺこぺこしなきゃならないなんて、侍になんかなるもんじゃねぇな」

「すまじきものは宮仕え、ですね」

数馬はそういって同意した。

そのときにはもう、眠気の欠片もなくなっていた。

第三章

一

大川の川開きまで、あと十日となった五月十八日——。

「一貫斎様に相談したいことがあるので、鉄炮会所《てっぽうかいしょ》に行ってきます」

「お仕事についての相談ですか？」

「ええ」

「せっかくのお休みなのに、旦那さまも大変ですね」

夫婦でそんな会話を交わしたあと、若狭に見送られて数馬が役宅を出たのは、朝四つ（午前十時）を少し過ぎた頃だった。

鉄炮会所に行くというのは嘘《うそ》で、数馬は若狭の姿が見えなくなるとすぐに、鉄壱のある芝方面に進路を変えた。

鉄壱へは西久保通を行ったほうが近道だが、愛宕《あたご》権現社の参道にある酒屋に立ち寄ろうとしていた数馬は、あえて遠回りになる愛宕下通へ入った。

ふいに、首筋に冷たい風が吹きつけたような悪寒が走ったのは、愛宕山まであと一町（約百九メートル）というときだった。震えが来た瞬間、確信した。

――あとをつけられている。

根拠はないが、絶対に間違っていないと自分に断言できた。

こんな経験はいままでしたことがなかった。まったく警戒していなかったのに、尾行を察していた。

毎朝、稽古を続けているうちに、感覚が鋭敏になったという自覚はあった。子供の頃から砲術に親しんできたので、下地はできていたのだろう。ひたすら鉄炮を構えて集中する稽古が、五感を超える感応力を目覚めさせるきっかけになったとしか思えなかった。

――あいつだ。臥煙にずっと見張られていたのだ。

疑い深い党首に、命じられてのことだろう。常時監視下に置かれていたと考えるほうがむしろ自然というものだった。

三度の飯よりも人殺しが好きな獣のような男に、付き纏《まと》われていたのかと思うと、胸がざわついた。尾行を撒《ま》きたくなったが、そんなことをしようものなら、どんな災いが降りかかってくるか知れたものではない。

数馬は恐怖を押し殺して、そのまま歩き続けた。

やっと鉄壱に辿《たど》り着いた。蔵の二階で寝転んでいた陣八郎を見たときには、心からほっとした。

「しまった！」

「なんだよ、いきなり」

「酒を買ってくるのを忘れた」

「律儀だけが取り得のお前にしては珍しいな」

陣八郎が皮肉交じりにいった。

「言い訳するつもりはないが……」

数馬は臥煙という黒子に尾行されたことを話した。

「そういうことなら仕方ねぇな」

陣八郎が煎餅布団から身を起こし、枕元にあった杖《つえ》を手にとった。

「ここへなにをしに来たのかまで忘れたわけじゃねぇだろう。鉄炮なら、ちゃんと出来てるぜ」

「もちろん覚えている」

数馬は手を貸して陣八郎を立たせ、

「早く見せてくれ」

と、せがんだ。

「餓鬼じゃあるまいし、そんなに焦るな」

陣八郎が笑いながら歩きだした。数馬は追い抜きたいのを我慢し、陣八郎に従って地下室に下りた。

待ちきれない思いで視線を走らせた。だが、壁に設けられた懸架には、以前からあった二挺《ちょう》の鉄炮しかなかった。作業台の下も覗《のぞ》いたが、なにもなかった。

「どこにあるんだ？」

陣八郎はなにも答えず、作業台の向こう側に腰を下ろした。お前も座れと目で促した。

数馬が対面に正座すると、陣八郎は作業台の横に置かれていた木の箱を持ち上げた。

長さは三尺（約九十一センチメートル）足らず、幅は一尺、厚みは三寸（約九センチメートル）ほどの箱で、表面は墨かなにかで黒く塗られていた。両端に帯状の紐《ひも》が取り付けられていて、結ぶと肩に吊《つ》るせるようになっている。

陣八郎が箱を横に割るようにして開いた。

「なんだ、これは！」

数馬は思わず叫んだ。

「持ち運びにいいように工夫してみたんだ」

陣八郎の言葉通り、鉄炮は三つに分解して箱に収納されていた。しかも、それぞれの部品が木枠できっちりと固定されていた。

数馬は箱を手元に引き寄せ、一番大きな部品を手に取った。全長二尺半、大き目の短《たん》筒《づつ》にしか見えないそれは、床尾《しようび》を切り落とされた銃身だった。

じっくりと検分した。銃身の先には雄螺子《おねじ》が切られ、床尾を切り落とした断面には、雌螺子《めねじ》が埋め込まれていた。

――床尾も螺子で付け外しができるようにしたのか。

仕組みを理解した数馬は、銃身を陣八郎に渡した。

「どうやって組み立てるのか、やって見せてくれ」

うなずいた陣八郎が、さっそく取り掛かった。まず銃身に床尾を取り付け、それから銃身を継ぎ足した。

その間、数馬は「一」から順に数えていたが、「二十」と口にしたときには、組み立てが終了していた。

「どうだ？」

陣八郎に感想を求められた。

「簡単でしかも早いな」

数馬は抑揚のない声で答えた。

「もっと驚いてくれると思ったが、そうでもなかったな」

陣八郎は、数馬の反応に落胆していた。

「違う、そうじゃない。びっくりすることが多すぎて、気持ちがついてこないんだ。ここまでやってくれるとは思わなかった。感謝の言葉もない」

「だったら、最初からそういえよ」

陣八郎はぶっきら棒にいったが、本当は嬉《うれ》しかったのだろう。無精髭《ぶしょうひげ》の伸びた頬が緩んでいた。

ぎぎいーっ
蔵の扉を開く音が聞こえたのは、そのときだった。

「俺のほかに誰か来ることになっていたのか？」

「飯時なら仁平だが、いまはそんな刻限じゃねぇ」

陣八郎が首を傾げた。

そうするうちにも、足音が近づいてきた。

やがて姿を現したのは、臥煙だった。

――監視が目的で尾行していたのではなかったのか。

それに気づいたとたん、怒りが込み上げてきた。

臥煙は用事があって役宅を訊《たず》ねてきたが、数馬が出かけるのを見て尾行したのだ。初めて会ったときと同じように、気配に気づくかどうか試すために。

「お前は、俺のことが気になって仕方がないようだな」

「はあ？　なんのことだ？」

「とぼけるな。俺のあとをつけたくせに」

「そんなことはしてねぇ。頭《かしら》にいわれて来ただけだ」

「じゃあ訊《き》くが、俺がここにいると、どうしてわかった？」

「………」

「答えられるわけがないよな」

「ああ、たしかにあとをつけた。それがなんだっていうんだ？」

臥煙が開き直った。

「もういい」

語るに落ちるとはこのことだ。「用件はなんだ？」

「頭からの言付けだ。杉本を殺《や》る日は、七つ半（午後五時）に柳橋《やなぎばし》の袂《たもと》に来い。そこで俺と待ち合わせろとのことだ」

さらに臥煙が続ける。

「鉄炮はその前に、俺が預かることになった」

まだ試し撃ちが済んでいない。結果次第では、手直しが必要になるかもしれない。数馬は余裕をみていった。

「五日後に、ここへ取りに来てくれ」

「いいだろう」

「ほかには？」

「用件はそれだけだ」

「ところで、お前と待ち合わせたあと、どこへ行くんだ？」

さりげなく、射撃場所について探りを入れたが、

「そのときになればわかる」

臥煙は背中を向け、引き返していった。


役宅に戻った数馬は、物置小屋に籠もっていた。

以前は母屋の納戸を仕事部屋として使っていたが、手狭になったので場所を変えていた。家人に邪魔されず、思索に耽《ふけ》るには、もってこいの場所だった。

鉄炮を試射した結果、現時点でこれ以上、改良する必要のないことがわかった。それほど完璧に仕上がっていた。

――あとは玉だが……。

西洋の銃弾は進化しているはずだと頭から信じ込み、ひたすら突き進んできたが、いまになって不安になっていた。本当に優れた銃弾なのだろうかと。

数馬が求めているのは飛距離と直進性だが、そのどちらも備えていなくては造った意味がない。陣八郎が苦労の末に完成させた鉄炮まで無駄になってしまう。

球状の弾丸よりも、円筒形で先端が尖《とが》った銃弾のほうが、より遠くへ飛ぶことは、風《ふう》砲《ほう》ですでに実証されていた。また貫通力が増すこともわかっている。

だが、直進性は意外と悪い。針のような風砲の銃弾は、十五間（約二十七メートル）以上離れると、命中率が下がるとともに、斜めに突き刺さることが多かった。

それは飛行中に中心軸がぶれることを示していた。風砲の射程距離を十間までと定めたのも、それがあったからだ。

──もっと広い場所で、試してみたい。

性能を実験で確かめられないことを、これほど、もどかしく感じたことはなかった。

火薬と一緒に、十数個の銃弾を持ち帰っていた。そのうちの一個を、文机の上に置いた。

椎《しい》の実の形をした銃弾を見詰めたまま、数馬は時が過ぎるのも忘れて考え続けた。

二

それから六日が過ぎて、五月二十四日になった。

その日に行われた、気砲の試射会の結果を知りたかった数馬は、仕事帰りに鉄炮会所に立ち寄っていた。

しばらく前から一貫斎と対面しているが、肝心の用件はまだ切り出せないでいた。

なぜなら、一貫斎の機嫌が悪かったからだ。時候の挨拶をしてもなにも応えず、腕組みをして、閉じていた目を開こうともしなかった。

試射会が不調に終わったのは、訊かなくてもわかった。数馬はどうやって師を慰めようかと、言葉を探していた。

ふいに一貫斎が目を開いた。

「お前、いつからそこにいた？」

「えっ？」

数馬は一瞬、啞然《あぜん》とした。慌てていった。

「先ほどから、おりましたが」

「…………」

「声も掛けました。聞こえていなかったのですか？」

「ああ、なにも」

一貫斎が首を振った。

――機嫌が悪かったのではなく、思索に耽っておられたのか。

数馬はようやく事情を飲み込んだ。以前にもそんなことがあったが、すっかり忘れていた。

「今日は如何《いかが》でしたか？」

「お披露目のことなら、上手くいった。気砲の注文も受けたぞ」

一貫斎がやっと白い歯を見せた。

「それはようございました」

数馬は我が事のように嬉しく思いつつ、

「なにか考えていらしたようですが？」

「気砲のことが一段落したので、後回しにしていた課題についてな」

「どんな課題ですか？」

それには答えず、一貫斎が床の間に目を遣《や》った。

その視線を辿ると、掛け軸の下に、矢が一本、転がっていた。何の変哲もない、ただの矢にしか見えなかった。

——あの矢がなんなんだ？

内心首を捻《ひね》っていると、ふいに一貫斎が問いを発した。

「矢羽根はなんのためにあると思う？」

「真《ま》っ直《す》ぐ飛ばすためでしょうか」

子供の頃から鉄炮しか眼中になかったので、弓矢には触ったこともない。それくらいしか思いつかなかった。

「その通りだが、矢羽根があると、どうして真っ直ぐ飛ぶのだ？」

「舵《かじ》の役割をするからだと思います」

「それもあるだろうが、お前はもっと大事なことを見落としている」

考えてみたが、なにも頭に浮かばなかった。

「わかりません。お手上げです」

「矢羽根があると矢が回転する」

いわれてみれば、その通りだ。数馬はふむふむとうなずいた。

「そして回転こそが、矢を直進させるのだ。そうとしか考えられない」

「なるほど」

「さて、難しいのはここからだ。なぜ矢が回ると直進するのか——そこがどうにもわからなくて思い悩んでおる」

「そんなことを、考えていらしたのですか」

数馬は半ば呆《あき》れつつ、頭に浮かんだことをそのまま口にした。「その謎が解ければ、鉄炮にも応用できそうですね」

いい終わった瞬間、はっとした。

——そうだ、回転させればいいんだ。矢でも玉でも同じ現象が起きるはずだ。

尻がむずむずしてきた。いてもたってもいられなくなった。

「話の途中ですが、用があるのを思い出しました」

「なんだ、もう帰るのか。ああでもない、こうでもないと二人でいい合ってるうちに、なにか発想が得られると思ったのに」

一貫斎がさも残念そうにいった。数馬は後ろ髪を引かれる思いになったが、

「今度来たときは、ゆっくりします」

「それまでに、お前も知恵を絞っておけ」

「はい」

了解したが、その気はなかった。

暗殺の決行まであと四日しかない。刻一刻とその時が近づいているいま、原理の探求にかける時間など、あろうはずもない。

だが、役宅が近くなった頃には、早々に辞去したのは、間違いだったと思い始めていた。

糸口を摑《つか》んだものの、どうすれば玉を回転させられるのか、その方法がわからなかったからだ。見当もつかなかった。まさか銃弾に羽根を付けるわけにもいかない。

——うまく玉の話にもっていけば、一貫斎様のことだ。なにか思いつかれたかもしれ

ない。

そう思うと、悔やまずにはいられなかった。

夜空に、ぱっと火の花が開いた。

やや遅れて、炸裂音《さくれつおん》が鳴り響いた。

「なぜ、撃たなかった？」

声に振り向くと、頭巾を被った侍が立っていた。あたり一面、黒漆を塗ったように真っ暗だが、その姿ははっきりと見えた。

数馬は戸惑いつつ、訊ねた。

「御頭様、いったい、誰を撃てばよろしいのですか？」

「杉本茂十郎に決まっておろう」

「お言葉ですが、どこにも杉本はおりませぬ」

「おぬしの目の前におるではないか」

「それがしには、見えないのですが……？」

「なにを申しておる。わしが杉本だと教えたはずだ」

「そのようなことは——」

聞いておりませぬと口にする前に、記憶が蘇った。先日、党首と会った際、たしかにその話を聞いていた。

「申し訳ございませぬ。失念しておりました」

「次の花火が上がったら、こんどこそ撃て！　そうせねば、おぬしの命はないぞ」

「撃ちたくても、鉄炮がございません」

「持っておるではないか」

数馬は自分の手を見た。

「えっ？」

さっきまでなかった鉄炮が、そこにあった。

折りしも、花火が打ち上げられた。火の玉が尾を引いて、天に昇っていった。

「早くしろ！　まごまごしていると斬り殺すぞ」

杉本が大刀を抜いた。

数馬は素早く鉄炮を向け、引き金を引いた。

銃声が轟《とどろ》いた。その音が間延びしていた。筒先から飛び出した銃弾が飛んで行くのも見えた。

左胸に被弾した杉本が、衝撃で吹き飛ばされ、

「ぐ、わ、わ、わーっ」

長い悲鳴を上げながら、闇の彼方へ消えていった。

どこからともなく、声が上がった。

「黒子《くろご》が御頭様を撃ったぞ」

「違う、俺が撃ったのは杉本だ！」

数馬は弁明したが、それを否定するかのように、

「黒子が御頭様を撃ったぞ」

木霊が返ってきた。

「黒子が御頭様を撃ったぞ、黒子が御頭様を撃ったぞ、黒子が御頭様を撃ったぞ……」

木霊は際限なく続いた。しかも返ってくるたびに、その音が大きくなった。

「止めてくれっ！」

数馬は耳を塞いで絶叫した。

その瞬間――目が醒《さ》めた。

あたりにある物を見て、物置小屋にいることがわかった。夕餉《ゆうげ》のあと、ここへ来たことも思い出した。

――それにしても、嫌なものを見てしまった。

悪夢から醒めても、余韻がしぶとく残っていた。

不吉な予感を覚えずにはいられなかった。

三

気がつくと、柳橋が目と鼻の先になっていた。

城を出たことまでは覚えているが、そのあとの記憶がない。どこを歩いてここまで来たのか、まったくわからなかった。

——来ても無駄なのに、来てしまった。

あれからも、寝る間を惜しんで考え続けたが、銃弾を回転させる方法を思いつかないまま、数馬は決行の日を迎えていた。

——こんなことになるくらいなら、さっさと見切りをつけるべきだった。

焦りと不安で精も根も尽き果てたうえに、体に変調を来していた。腕に力を入れると、指が細かく震えるようになっていた。

これでは引き金も引けない。銃弾の性能に問題が無かったとしても、結果はすでに見えていた。うまく行くはずがない。必ず失敗する。

それでも夢遊病者のように待ち合わせ場所にやって来たのは、

——殺し屋の性《さが》か。

数馬は自分を嗤《わら》いつつ、柳橋の袂に目を遣った。

臥煙が鉄炮を収納した箱を肩に架けて佇《たたず》んでいるのが、両国方面に向かう大勢の人々の間に、見え隠れしていた。

臥煙も数馬を見つけたらしい。何食わぬ顔で歩き始めた。柳橋を渡って広小路に入ると、人波から外れて、最初の角を右に折れた。

数馬が追っていくと、臥煙は路地の先で待っていた。そこからは、数歩後ろをついて行った。

臥煙が腰に吊るした鳶口《とびぐち》が、嫌でも目に入った。

――柄に刻まれた一本の線が、俺の墓標になりそうだな。

数馬は、ぼんやりとそんなことを思った。

言葉は交わさないまま、五町ほどで長屋門のある武家屋敷に至った。空き家のようで、屋根の張り出しの下は、蜘蛛《くも》の巣で覆われていた。

臥煙が潜《くぐ》り戸《ど》を押して開き、先に行けと目顔で促した。数馬が敷地に立ち入ると、臥煙が潜り戸を内側から閉じ、閂《かんぬき》を下ろした。

やはり空き家だった。広い敷地のどこにも人の姿はなく、気配すら感じられなかった。

「こっちだ」

臥煙に導かれるがままに、数馬は母屋に向かった。玄関は板を釘《くぎ》で打って塞がれていた。

て戻ってきた。

「ここで待ってろ」

臥煙が鉄炮の箱を地面に置き、母屋の裏へ駆けて行った。ほどなく、長い梯子《はしご》を抱えて戻ってきた。

臥煙が梯子を架けて、呆れるような速さで屋根に上がった。お前も来いとばかり、手招きした。

数馬は腰の大小を母屋の外壁に立てかけてから、鉄炮の箱を肩に斜め掛けにして、梯子を昇った。

屋根の上は目が眩《くら》むような高さだったが、感覚が鈍くなっているせいか、少しも怖いと感じなかった。

臥煙はすでに切妻造の屋根の棟を跨《また》いで座っていた。屋根の勾配がきつく、滑落の危険があるので、さすがに数馬も慎重に歩を進めた。

臥煙の一間前に、向きを揃《そろ》えて座った。ほぼ正面に両国橋が見える。党首が話していたように、橋の袂まで一町あまり離れていた。

陽《ひ》が落ちたばかりなのに、両国橋の上は、すでに人だかりが出来ている。手前側の岸は、屋根に隠れて見えなかったが、対岸にも大勢が群がり、大川の水面には五十艘《そう》あまりの船が浮かんでいた。

向こうからも、こちらの姿が見えることになるが、それも暗くなるまでのことだ。射撃の導線も確保できていた。

まさに狙撃に適した場所といえたが、いまさらどうでもいいことだった。

鉄炮の箱を膝の上に置いて、蓋を開けようとしたとき、

――うん？

唐突に疑問が湧いた。数馬は臥煙を振り返って訊いた。

「いったいどうやって、杉本を見分けるつもりだ？」

「なにを言い出すかと思えば、そんなことか」

臥煙が小馬鹿にしたように笑い、懐から伸縮式の遠眼鏡《とおめがね》を取り出した。

「………」

「こいつを使うと、遠くのものがよく見えるぞ。なんなら、試してみるか？」

「いや、それには及ばない」

数馬は前に向き直り、膝の上に置いていた箱を開いた。鉄炮を組み立てるために、まず銃身部分を取り上げた。

ふと、銃口に加工された雄螺子が目に入った。螺旋《らせんじょう》状に刻まれた螺子山が、なぜか気になった。

――もしかしたら……。

銃弾を回転させる秘訣《ひけつ》が、ここに隠れているのではないか。そういう漠然とした予感

が芽生えていた。

じっと螺子山を見詰めていると、なにを勘違いしたか、臥煙がいった。

「箱の中味を弄《いじ》ったのは頭だ。俺は見ただけで、手も触れてねぇ」

「御頭様は、なにかおっしゃっていたか？」

「こんなものをよく造ったと、感心してたぜ」

「そうか」

臥煙がさらになにか続けたが、もう耳には入らなかった。

数馬は目を閉じた。螺子山を思い浮かべて意識を集中した刹那、脳裏に稲妻が走った。

——あっ！

慌てて着物の袂を弄った。そこに落としていたものを、次々に引っ張り出しては、箱の中に移していった。

火薬を入れた竹筒、長さ一尺の火縄、火種に使う懐炉、そして銃弾の入った布袋。

数馬は布袋に指を入れ、銃弾を一個、摘《つま》み出した。その銃弾の胴体を屋根瓦の端に斜めに当てて擦り付け、引《ひ》っ掻《か》き傷をやや深くした程度の溝を刻み込んだ。

さらに銃弾の反対側の胴体にも、同じように加工を施した。

それから急いで鉄炮を組み立てた。装塡作業もすべて終え、火縄に点火したときには、あたりがだいぶ薄暗くなっていた。

「そろそろ打ち上げが始まりそうだぜ」

見ると、臥煙が棟の上に立ち、遠眼鏡を覗いていた。

「ちょっと貸してくれ」

数馬が頼むと、臥煙が狭い棟の上をすたすたと歩み寄ってきた。

「ほらよ」

と渡された遠眼鏡を、数馬は目に当て、大川の対岸に向けた。丸い視野の中に、人の顔が畑の作物のように並んでいた。

遠眼鏡の先を少しずつ上げていくと、『山くじら』と書かれた縦長の看板が視野に入った。看板は白地で幅二尺、長さ五尺。台に据えられ、通りに面して置かれていた。周囲に明かりがあるので、遠眼鏡を外しても――さすがに文字は読めない――肉眼で捉えることができた。

距離はおよそ三町と見積った。

数馬は遠眼鏡を返すついでに、箱を閉じて臥煙に預けた。棟の上に腹ばいになり、両肘を屋根瓦に載せて鉄炮を構えた。

不安定な姿勢にもかかわらず、鉄炮をしっかりと固定できた。

臥煙が怪訝《けげん》そうに訊く。

「杉本の野郎が乗った船も見つかってねぇのに、なにをおっ始める気だ？」

いつのまにか船の数は倍以上に増え、両国橋を挟んで百艘あまりが密集していた。すでに明かりを灯《とも》した船の群は、あたかも流し灯籠のようだった。

数馬は前を向いたまま、素っ気なく応じた。

「俺のことはいいから、お前は自分の役目を果たせ」

「そんなことは、いわれなくてもわかってるぜ」

「とにかく頼む。杉本を見つけ出してくれ」

臥煙がやっと静かになった。

数馬は火蓋を開き、引き金に人差し指を乗せた。そうしても指が震えないことに気づいたが、とくに感慨は湧かなかった。

数馬は商家の看板に照準を合わせ、花火が打ち上げられるのをひたすら待った。

それからどれほど経《た》ったか、ひゅるひゅるという音が耳を打った。

夜空の一角が赤く光った。

どぉーん
腹に響く音がした瞬間、数馬の構えた鉄炮が筒先から火を噴いた。

四

命中した手ごたえは感じていたが、肉眼ではわからなかった。数馬は身を起こし、臥煙に向き直った。

予期せぬ発砲に肝を潰したか、臥煙は怯《おび》えた顔で立《た》ち竦《すく》んでいた。

「遠眼鏡を貸してくれ」

「あっ、ああ」

夢から醒めたように、臥煙が目をぱちくりさせた。

「早く！」

「わ、わかった」

遠眼鏡を覗くと、看板に黒い穴が開いていた。数馬は看板の中央、『く』と『じ』の間を狙い撃ちしていた。実際に着弾したのは、一尺ほど下だったが、距離を考慮すれば、命中したも同然だった。逆に、ここまで直進性に優れた銃弾には、いまだかつてお目にかかったことがなかった。

斜めに溝を刻んだことで、銃弾が回転したかどうかはわからない。だが、結果がすべてだ。

――やったぞ！

数馬は心の中で快哉《かいさい》を叫んだ。遠眼鏡と箱を交換し、直ちに装塡作業に取り掛かった。銃弾に刻みを入れてから、火薬とともに銃身に詰め込んだ。

「杉本はまだ見つからないのか？」

臥煙が苛立《いらだ》ちの混ざった声で応じた。

「まだだ……、いや、待て、あれかもしれない」

そんなことをしても意味はないのに、臥煙は遠眼鏡を覗いたまま、顔を前に突き出した。

「間違いねぇ、あの船だ！」

「どこにいる？」

臥煙は答える前に、遠眼鏡を数馬に渡してから、的確な指示を送ってきた。

「橋から北に一町、川の真ん中あたりにいる、大漁旗をつけた漁師船だ」

「ああ、あの船か」

たくさんの船に囲まれていてもすぐにわかったのは、大漁旗が目立っただけでなく、『大坂屋』という幟《のぼり》も掲げられていたからだった。

「ほかにも二、三人客がいるが、舳先《へさき》に立っているのが杉本だ」

「赤い法被《はっぴ》を纏った男だな？」

「そいつだ」

杉本は船頭と話しているのか、横顔しか見えなかった。

ちょうど花火が打ち上げられたらしく、ひゅるひゅると音がした。空を見上げた杉本が、顔を数馬のほうに向けた。

数馬は思わず、息を呑《の》んだ。なんと杉本は、先日、数馬と若狭を助けてくれた、あの商人だった。

「おい、どうかしたか？」

「なんでもない」

数馬は動揺を押し隠し、臥煙に遠眼鏡を放り投げた。

射撃を終えたらすぐに撤退できるよう、箱を腹の下に敷いてから射撃体勢に入った。

杉本が乗った船は、流れに乗ってゆっくりと大川を下っていた。

筒先で船を追ううちに、距離が一町半まで縮まった。風はほとんど吹いていない。数馬は杉本の頭の天辺に照準を合わせた。そこを狙えば、眉間に着弾することがわかっていた。

外れるわけがない。もはや仕留めたも同然だったが——。

——駄目だ。できそうもない。

迷いが生じていた。あのとき杉本にいった、「ご恩は一生、忘れません」という自分の言葉が、脳裏に反響していた。

数馬は、いったん照準から目を逸らした。

「なにをもたもたしてやがる」

「もっと船が近づくのを待っているだけだ」

数馬はそういって臥煙をいなし、

――やれ、やるんだ！

自分に強く言い聞かせて照準を定め直した。

――いまだ！

指に力を込めたが、寸毫《すんごう》も動いてくれなかった。身体が拒んでいた。

焦りで額に汗が噴き出したとき、背後に殺気が湧いた。顔を向けると、鳶口を手にした臥煙が、にやにやと笑っていた。

「俺は三度の飯より、殺しが好きだ」

前にも聞いた台詞《せりふ》を、臥煙が繰り返した。

「杉本はあとで俺が殺るから、安心してあの世へ逝きな」

――こいつは本気だ。

脅しとは思えなかった。

「わかった。必ず撃つから、もう少し待ってくれ」

「まだ飲み込めてねぇようだな」

臥煙が鳶口を両手で弄びながら続けた。

「お前は虫が好かねぇ。いつか殺ろうと思ってた。それが早くなっただけのことだ」

いい終わるやいなや、臥煙が襲ってきた。

数馬は咄嗟《とつさ》に身体を捻り、振り下ろされた鳶口を、銃身で受け止めた。腹の下に敷いていた箱が、屋根を滑り落ちていった。

仰向《あおむ》けになった数馬の上に臥煙が跨がり、力任せに鳶口を押しつけてきた。

なんとか押し戻そうとしたが、臥煙の腕力のほうがはるかに勝っていた。鳶口に押された銃身が喉を圧迫し、息を継ぐこともできなくなった。

頭に霞《かすみ》がかかってきたとき、

「面白い物を見せてやろう」

臥煙がそういって、左手で鳶口を押さえ、右手で鳶口の後端部分を抜き取った。柄に仕込まれていた千枚通しのような細身の刃が、ぎらりと光った。

「じたばたしねぇほうが楽に死ねるぜ。急所を外れると、余計、苦しむことになるからな。まあ、いったところで聞く奴《やつ》もいねぇが……。こないだ殺った町奉行も、それこそ死ぬほど痛がってたぜ」

臥煙が大口を開けて笑った。

——こいつだったのか。北町奉行の永田様を殺めたのは。

気づくと同時に、永田が六十代後半の老人だったことを思い出した。

「年寄りを殺して、自慢話か」

「なんだと！」

怒った臥煙が、右手を高く振り上げた。無防備になった一瞬の隙を逃さず、数馬は、鉄炮の床尾で臥煙の胸を一撃した。

肋骨が折れたのが、感触でわかった。

「うぎゃっ」

悲鳴を発して前のめりに倒れてきた臥煙を、数馬は銃身で跳ね除《の》けた。

素早く立ち上がり、仰向けに転がっていた臥煙の額に銃口を押し付けた。

「地獄に墜ちろ！」

一瞬の躊躇《ちゅうちょ》もなく、発砲した。

花火が一閃《いっせん》して、額に銃弾を食らった臥煙の死骸を、赤々と照らした。

人を殺したのに、心に漣《さざなみ》が立つこともなかった。

——そういえば、あのときも、こんな感じだったな。

数馬は妙僧寺の門前で、やくざ者に襲われたときのことを思い出していた。若狭だけは護《まも》ろうと捨て身の覚悟を決めたとたんに訪れた感覚と、いまのそれはよく似ていた。

杉本が鬼神が憑依《ひょうい》したように見えたといっていたのは、このことかもしれないと思った。

――長居は無用だ。

臥煙のほかに、見届け役の党員が付近に待機しているはずだ。その場所によっては、臥煙を射殺したのを目撃された可能性がある。

数馬は急いで梯子を下りた。地面を走り出すと、なにかに躓《つまず》いて転びそうになった。鉄炮の箱だった。

高いところから落ちたにもかかわらず、箱は壊れていなかった。

――俺は、鉄炮を抱えたまま、ここから飛び出そうとしていたのか。

自分では冷静なつもりだったが、そうでもなかったらしい。刀のことも、すっかり忘れていた。

数馬は気を引き締め直し、鉄炮を分解して箱に収納した。その箱を肩に吊るし、大小を腰に差して、武家屋敷の外に出た。

心のどこかで、いつかこういう日が来ることは予感していた。その日に備え、逃走資金を用意していた。

足は自然と、それを隠してある場所――鉄壱へと向いた。

五

半刻《はんとき》(約一時間)あまりで鉄壱に辿り着いた。

裏へ廻って土塀を乗り越えて敷地に侵入すると、仁平たちはすでに床に就いたらしく、母屋から漏れてくる光はなかった。

足音を忍ばせて蔵に近づき、音をさせずに閂を外した。蔵の扉を慎重に開いたが、蝶番《ちょうつがい》が軋《きし》みを上げた。微《かす》かな音だったが、全身が硬直した。

数馬は扉から手を離し、いつでも逃げられる体勢を整えて耳を澄ませた。聞こえたのは、自分の心音だけで、目を皿にして母屋の様子も窺《うかが》ったが、しばらくしても案じたことはなにも起こらなかった。

扉を薄く開き、身体を横向きにして蔵に侵入した。すぐにここを離れるつもりなので、扉はそのままにしておいた。

中は真っ暗だった。

逃走資金が隠してある階段の裏側まで手探りで進んだ。

十枚の一分金を入れてある紙包みを踏み板の下から取り出そうと身を屈めたそのとき、

「誰かいるのか?」

ふいに近くで声が上がった。二階で眠っていると思った陣八郎が、すぐそばにいた。しまったと思いつつ、数馬は応じた。

「俺だ、佐助だ」

「こんな夜更けに、いったいなんの用だ？」

眠りを妨げられたせいだろう。陣八郎は機嫌を損ねていた。

「起こして悪かった」

数馬は謝罪を口にした。「まさか、こんなところで寝てるとは思わなかった」

「どこで寝ようと俺の勝手だ」

「使った鉄炮を仕舞いに来ただけだ。風砲のように家に持ち帰るわけにもいかないからな。このあたりに置いていくから、明日の朝にでも、片付けてくれ」

逃げるにも、鉄炮は必要だ。置いたふりをして、出て行こうと思ったが、

「せっかく来たんだ。ちょっと待ってろ」

陣八郎がごそごそと床を這《は》い始めた。

ややあって、ばたんと音が響き、蔵の中が明るくなった。地下室に灯された百目蠟燭《ろうそく》の光が、蔵の中に差し込んでいた。

「うまく事を済ませたようだが、どうだった？」

陣八郎が訊いたのは、鉄炮と銃弾に関することだった。

「思った以上だった」

「もっと詳しく聞かせてくれ」

「悪いが、またにしてくれないか」

「こんなところで俺の相手をするより、早く家に帰って、恋女房と枕を並べて寝んねするほうがいいに決まってるよな」

──若狭には、もう二度と会えない。

そう思うと、胸に突き刺すような痛みが走った。

「そういうことじゃない」

「じゃあ、どういうことなんだ？」

「疲れてるんだ」

「誤魔化すな。佐助がそういう顔をするのは、都合の悪いことを隠すときだ」

鋭い指摘に、数馬は思わず溜息《ためいき》を吐《つ》いた。

「なにがあった？　白状しろ」

「……党の掟《おきて》を破った。殺すはずの相手ではなく、臥煙を撃ってしまった」

「なんだって！」

「恩人だったんだ。どうしてもその気になれなかった」

「とんでもねぇことを、やらかしたな」

陣八郎がみるみる青褪《あおざ》めた。「党が黙っちゃいねぇぞ」

「ああ、もう終わりだ。なにもかも捨てて、逃げることにした。ここへも、隠してある金を取りに来たんだ」

「恋女房も捨てちまうのか？」

「若狭のことは、いわないでくれ」

「どこか、行く当てはあるのか？」

「ない。ひとまず江戸を離れようと思っている」

「村に帰《け》ぇるわけにもいかねぇしな」

国友村には黒子党の息がかかった中里兵太郎がいる。わざわざ敵の懐に飛び込むようなものだ。

陣八郎が続けた。

「とにかく、ここをずらかろうぜ」

「ずらかろう？」

聞き間違いかと思ったが、

「俺も一緒にいく」

「なにを血迷ってるんだ」

「血迷ってなんかいねぇ」

「そんなことをしたらどうなるか、わかっているのか？」

「俺も党に追われるだろうな」

陣八郎がさばさばと答えた。

「裏切り者を殺すまで、党は諦めずに追ってくる。そういう目に遭った黒子を知っているが、最期は人里離れた山中の洞窟に追い詰められ、自ら命を絶った」

陣八郎が、ごくりと喉を鳴らした。

「悪いことはいわない。お前はここに残れ。俺が逃げても、党はお前には手出しをしない」

「それはどうかな」

陣八郎が鼻に皺《しわ》を寄せ、

「佐助がいなくなれば、俺も用なしになるぜ」

「俺の代わりはいても、お前の代わりはいない。お前が造ったこの鉄炮を見た御頭様も、大層、感心していたそうだ」

「だとしても、俺はもうここにはいたくねぇ。生きていられれば、それでいいってもんじゃねぇんだ」

「………」

「佐助も、棺桶《かんおけ》のような穴倉に閉じ込められて、毎日毎日、人殺しの道具を造ってみればわかる。こんな暮らしを続けるくらいなら、いっそ早く死にたいと思うはずだ」

「そこまで辛《つら》い思いをしていたのか？」

「頭がおかしくなったほうがよっぽど楽だと、何度も思ったぜ」

それは数馬も同じだ。正気を保っていられるのが、逆に不思議なくらいだった。

――いや、とうとうおかしくなったのかもしれない。

いま振り返っても、杉本を撃たなかったのは、正気の沙汰とは思えなかった。

「どうして、これまで逃げようとしなかった？」

「歩くことも満足にできねぇからだ」

「それだけじゃないだろう。お前が逃げたら、俺が責任を取らされる。そう思って諦めてたんじゃないのか？」

「それもあったかもしれねぇな」

陣八郎がうそぶいた。

こんなときだけに、陣八郎の心根が身に染みるほど嬉しかったが、数馬は心を鬼にしていった。

「お前がいたら足手纏いになる。連れてはいけない」

「邪魔になったら、いつでも見捨ててくれ。それでいいから連れてってくれ」

「駄目なものは駄目だ」

「だったら一人で逃げるまでだ。そこまで文句はいわせねぇぞ」

陣八郎の決意は揺るがなかった。数馬は説得を諦めた。

「そこまでいうなら勝手にするがいい」

「一緒に行ってもいいんだな？」

「さっさと準備しろ」

「恩に着る」

陣八郎が声を弾ませた。すぐに蔵の二階へ向かって歩きだしたが、なぜか階段の手前で足を止めた。

「どうした？」

「さっそく、おいでなすったぜ。殺気がむんむんしてる。五、六人はいそうだ」

追っ手が押し寄せてきたということらしいが、

「そんなはずはない」

数馬は言下に否定した。鉄壱に来るとき、尾行の有無を何度も確認したが、怪しい影はなかった。

「俺が間違ってると思うなら、外へ出てみろ。後悔する間もなく、あの世へ送られるぞ」

さすがにそんな勇気はない。

「党員が来たとしても、追っ手じゃない。俺が立ち寄りそうな場所を、片っ端から探っているだけだ。ここにはいないと思わせれば、遣り過ごせる」

「お前のいう通りかもしれないが、蔵の戸が開けっ放しになってる。お前がここにいると教えたようなもんだ」

陣八郎の指摘は正鵠《せいこく》を射ていた。もし閉じていたとしても、同じことだ。内側からは閂を掛けられなかった。

「くそっ！」

「悔やんでる暇はねぇぞ」

「そうだな」

数馬は、頭を切り替えて提案した。

「闇雲に逃げるより、立て籠もったほうがいい。朝まで持ち堪《こた》えれば、奴らも手出しができなくなる。逃げる算段は、それからにしよう」

なぜか陣八郎が首を振った。

「こんなところに立て籠もる気はねぇ」

「まさか、討って出るつもりか？」

陣八郎はそれには答えず、地下室の昇降口に向かった。

「なにか考えがあるのか？」

「いいから、黙ってついて来い。もたもたしてると、奴らが踏み込んでくるぞ」

「わかった。先に行っててくれ」

数馬は急いで金の入った紙包みを回収した。

地下室への階段を降り始めると、下にいた陣八郎から、昇降口の扉を閉めるように指示された。いわれた通りにすると、陣八郎が擂粉木《すりこぎ》のような棒を渡してきた。

「こいつを、あの穴に差し込んでくれ」

陣八郎が戸の一部を指差した。

「この穴か？」

「そうだ。奥まで差し込めば、開かなくなる。ぶち破られたらそれまでだが、時間稼ぎにはなる」

内側から鍵がかけられる仕組みになっていることがわかったが、

「こんなことをしてどうなる？　自分で自分を閉じ込めるようなもんじゃないか」

数馬は抗議せずにはいられなかった。

「じつは、お前にも内緒にしていたが、抜け道を作ってある」

「本当なのか？」

「ああ、誰にも気づかれずに外に出られるぞ」

「いつの間にそんなことを？」

「蔵に閉じ込められて半月経った頃から、仁平たちに悟られぬように、毎日少しずつ穴を掘った。やり遂げるのに、半年はかかった」

ここから逃げ出したいという、陣八郎の思いの強さに、数馬は言葉を失った。

黙ったまま、棒を穴の奥まで差し込んだ。

「抜け穴はこっちだ」

陣八郎が地下室の奥へ進み、紙に描いた鉄炮の的を張り付けた畳の前で立ち止まった。杖で畳を前に倒すと、直径が三尺足らずの丸い穴が、ぽっかりと口を開けた。

「狭いが我慢してくれ」

陣八郎が杖を片手に穴へ入っていった。

──刀は穴に閊《つか》えて邪魔になる。追っ手と闘うときも役に立ちそうにない。

数馬は大小をその場に残し、鉄炮の箱を背中に括《くく》りつけて、あとを追った。

六

「出口まで、あとどれくらいだ？」

洞窟は窮屈なうえに真っ暗で、天井を支える支柱もなかった。いつ崩れ落ちるか、不安でたまらなかった。

「もう少しだ」

「さっきもそういったぞ」

「今度は本当だ。出口はすぐそこだ」

　いまさら引き返すわけにもいかない。数馬は腹這いでの前進を続けた。

　それから二間も進むと、先行していた陣八郎が、「ふうーっ」と大きく息を吐いたのが聞こえた。

「出口に着いたのか？」

「ああ、お前も早く来い」

その声に励まされて、数馬は速度を上げた。やっと穴から出ると、陣八郎が腕を摑んで立たせてくれた。

外に出たはずなのに、抜け穴の中と同じくらい暗かった。

「ここはどこだ？」

問うた自分の声がやけに反響した。

「竪穴《たてあな》の底だ」

そう聞いて納得した数馬は頭上を見上げたが、星空は見えなかった。

「もしかして、まだ掘り終わってないのか？」

「そうじゃねぇ。この上は、俺が四日に一度、通っている風呂屋の床下だ。抜け穴の出口を隠すために、ここに竪穴を抜いたんだ」

鉄壱の斜向《はすむか》いに風呂屋があるのを、数馬は思い出した。そこは陣八郎が外出を許された唯一の場所でもあった。

「まったくお前という奴は」

数馬は陣八郎の知恵に、ほとほと感心した。陣八郎は当てもなく土中を掘り進んだのではない。位置が推測できる場所を目指し、計算ずくで実行したのだ。

「そろそろ、あいつらが抜け穴を見つけた頃合だ。先を急ごう。手が届くところに地面がある」

「わかった」

竪穴を抜け、さらに床下から、風呂屋の裏手の路地に出た。立って歩けることが、こんなにいいものだったのかと数馬は思った。

陣八郎は脇目も振らず、北へ向かって歩を進めていた。

「どこへ行こうとしているんだ？」

「外濠《そとぼり》だ。そこで舟をかっぱらうつもりだ」

「その先は？」

「俺は右も左もわからない。あとはお前に任せる」

「心得た」

やがて外濠に辿り着いたが、城が近いせいか、舟は見当たらなかった。堀沿いの通りを東に行くと、幸橋《さいわいばし》の先に河岸があり、小舟が数艘、繋《つな》がれていた。

二人は手近な一艘に乗り込んだ。

数馬は舫《もやい》を解き、竹竿《たけざお》で舟を離岸させてから、櫓《ろ》に持ち替えた。四方に気を配りながら流れに沿って舟を漕《こ》ぎ進めた。

追っ手の姿はどこにもなかったが、それで安心できる相手ではない。数馬は鉄炮の箱を背中から降ろし、胴の間に座っていた陣八郎に声を投げた。

「この鉄炮を、いつでも撃てるようにしておいてくれ。一挺しかないが、急場は凌《しの》げるだろう」

陣八郎が身を乗り出して箱を受け取り、ついでのようにいった。

「鉄炮なら、もう一挺あるぜ」

「………？」

陣八郎が懐から油紙の包みを取り出して開いた。

「短筒か。いつの間にそんなものを？」

陣八郎が、油紙の包みを懐に入れる場面を、見た覚えがなかった。

「竪穴に埋めて隠しておいたんだ」

「そこまで準備していたとは。まあ、いまさらなにを聞いても驚かないが」

「こいつも俺が張り立てたんだ。ただの短筒ではないぞ」

「たしかに、これまで見た短筒の中では一番小さいな」

長さは八寸ほどしかなかった。全体的に小ぶりだが、銃身だけ、妙に太かった。

そのことを数馬がいうと、

「そこが味噌《みそ》なんだ。巣口《すぐち》を見てみろ」

陣八郎が向けた短筒の先には、銃口が横に二つ並んでいた。

「ほう、連発銃か。そういえば、お前の親父が張り立てたものを、見せてもらったことがあったな」

「ああ、親父の真似《まね》をして造ってみた」

当時の連発銃は現在とは違い、同時に全弾が発射される斉発式《せいはつしき》である。連射式も存在したが極めて稀《まれ》で、陣八郎が製造した短筒も斉発式であった。

「ただ真似をしただけじゃねぇ」

陣八郎が続けた。「撃った玉が、六間先で左右に一間、拡がるように工夫した」

「一度で二人、敵を減らせるな」

数馬はいったが、黒子党の追っ手と戦って、生き残る自信はなかった。鉄炮を使わなくて済めばいいが、と心の内では思っていた。

陣八郎も同じことを思っていたのかもしれない。眉間に皺を寄せていった。

「ああ、うまく命中ればな」

いつのまにか、芝口橋《しばぐちばし》に近づいていた。

濠はその先で、二手に分かれている。右へ行くと浜御殿の脇を通って海に至り、左は三十間堀へと続く。

──海へ出ても仕方がない。行けるところまで舟で行き、そこからは歩いて江戸を離れたほうがいいだろう。

数馬はそう考えて、内陸の堀伝いに北へ向かうことにした。

芝口橋を潜るとすぐに、火縄が燻《くすぶ》る匂いが漂ってきた。見ると、陣八郎が準備を終えた短筒を脇に置き、箱に入っていた鉄炮を組み立てていた。

「なあ、陣八郎」

「なんだ？　佐助」

陣八郎が手元を見たまま、訊き返した。

「さっきは足手纏いになるといって断ったが、あれは本心じゃない。あんなことをいって、悪かった」

「餓鬼の頃からの付き合いだ。そんなことくらいわかってる」

「お前を見捨てて、一人で逃げるつもりもないからな」

「もういいって。なんとも思っちゃいねぇよ」

陣八郎の肩が震えていた。

「泣いてるのか？」

「なわけねぇだろう。無駄口ばかり叩《たた》きやがって。俺はいま忙しいんだ。邪魔すると、てめぇのどてっ腹に穴を開けるぞ」

どうやら図星のようだった。

「わかったから、続けてくれ」

陣八郎が鼻を啜《すす》り上げて、作業を再開した。しばらくして、

「終わったぞ」

陣八郎が告げた。

突如、異変が起きたのは、そのときだった。

第四章

一

後方から飛んできたなにかが、数馬の耳のそばを通り過ぎた。

蝙蝠《こうもり》だろうと思った瞬間、

「うっ」

陣八郎が、お辞儀でもするように上半身を前に倒した。右肩の下に、黒い棒のようなものが突き刺さっていた。

「陣八郎っ！」

数馬は咄嗟《とっさ》に駆け寄り、陣八郎を抱き起こした。刺さっていたのは、矢柄と矢羽根が黒く塗られた矢だった。

「しっかりしろ！」

陣八郎は口の端から血を垂らしていたが、

「大した傷じゃねぇ。そんなことより――」

「いいたいことはわかった」

数馬は陣八郎が抱きかかえていた鉄炮を摑《つか》み、さっと後方へ振り向いた。

――あいつか！

芝口橋の欄干越しに黒い影が見えた。火挟みを起こして火蓋を開く。勘で狙いをつけ、すかさず発砲した。

銃声と呼応するように、人影が仰《の》け反《ぞ》った。手から離れた弓が、黒々とした水面に落ちていった。

攻撃はそれきり途絶えた。敵は単身で行動していたとみて間違いない。が、銃声で位置を知ったほかの黒子が、駆けつけてくるのは、時間の問題だった。

数馬は鉄炮を船底に置いて、短筒《たんづつ》を帯に差し込んだ。必死で櫓《ろ》を漕《こ》ぎ、三十間堀に入った。

「隠れる場所を見つけるまで、我慢してくれ」

陣八郎がなにか声を発したが、それが返事なのか、痛みに耐えかねてのことなのか、判然としなかった。

そうするうちに、河岸をいくつか通り過ぎ、前方に木挽橋《こびきばし》らしき陰影が見えてきた。

——橋の上から襲われたら、ひとたまりもない。

数馬は舟を河岸に寄せ、そこに繋《つな》がれていた数艘《すうそう》の荷足船《にたりぶね》の間に、小舟を滑り込ませた。

身を低くして胴の間に移動すると、横たわっていた陣八郎が薄目を開けた。

冗談めかした口調でいう。

「俺は不死身だ。殺しても死なねぇから心配するな」

「喋《しゃべ》るな」

体力の消耗を怖れて数馬はいった。陣八郎が手の施しようもない傷を負っていることは、明らかだった。夜目にも白いその顔は、しびとにしか見えなかった。

「いや、黙らねぇ」

陣八郎が首を振った。それだけで傷が痛むのか顔を歪《ゆが》めた。

「佐助に、どうしてもいわなきゃならねぇことがあるんだ」

「お前は不死身なんだろ。あとで聞くから、とにかくいまは喋るな」

「俺を置いて逃げてくれるなら、黙ってやる」

「またそれか。お前は無茶ばかりいう」

「生まれつき頑固だからな」

陣八郎が、うっすらと笑った。

「……俺の負けだ」

命を削ってでも伝えたいことがあるなら、もう聞くしかなかった。

「佐助には借りがある」

「そんなものはない」

「俺はお前を騙《だま》し討ちにした。そんな俺を、お前は少しも恨んだりしなかった」

「恨むもなにも、中里に脅されて、無理やりやらされたことだ」

「お前にはそういったが、本当は違うんだ。源ノ助も勇太郎も俺も、餌に釣られてやったことなんだ」

「嘘《うそ》だ」

「嘘じゃねえ。佐助を仕留めたら、俺たち三人を黒子《くろご》にしてやると中里様にいわれた。黒子になれば、江戸でいい暮らしができるし、武家の娘もあてがってやるってな。いま思えば一杯食わされただけだが、馬鹿な俺たちは信じたんだ。もちろん佐助を撃つのは嫌だった。でも、それと引き換えに手に入るものが、欲しくて欲しくてたまらなかったんだ」

「信じられない」

いや、信じたくなかった。

「佐助は村が好きだったが、俺たちはそうじゃなかった。あんな村で一生、貧乏暮らしをするのは、まっぴらだと思っていた」

国友村の繁栄は遠い昔話で、鉄炮の需要が絶えて以来、貧困に喘《あえ》いでいた。先行きが見えない暮らしに、陣八郎たちが幻滅するのも無理はなかった。

「頼むから、罪滅ぼしをさせてくれ。一人で逃げて生き延びてくれ」

陣八郎が手を合わさんばかりに懇願してきた。

「もう罪滅ぼしはしてもらった。陣八郎のお陰で、今日まで生きてこられた。なにがあっても、お前を連れていく」

ふいに、陣八郎が遠い目になった。意識が混濁し始めたようだった。

「ああ、お袋が漬けた鮒鮨《ふなずし》が食いてぇなあ」

それが最期の言葉になった。動かぬ瞳に星空が映っていた。

「陣八郎……」

数馬は呟《つぶや》いて、瞑目《めいもく》した。閉じた瞼《まぶた》から涙が溢《あふ》れてきた。

「なにが不死身だ、二度も死にやがって」

この世に一人きりになったような孤独感を覚えた。

ぽきりと音がして、心が折れた。

月が沈み、闇がいっそう濃くなっていた。

数馬は当て所なく彷徨《さまよ》っていた。自分がどこにいるかもわからないまま、ただ櫓を漕いで舟を進めていた。

――来たな。

後方から追っ手が迫ったことを察しても、なにも感じなかった。櫓を置いて、胴の間に転がっている陣八郎の死骸に向かって話しかけた。

「俺が臥煙に殺されていれば、お前は死なずに済んだのにな。俺もすぐに逝くから、待っててくれ」

すぐ後ろに、提灯《ちょうちん》を掲げた追っ手の乗った舟が迫った。攻撃してくると思われたが、なにも起きないまま、隣に舟が並んだ。

船体の長い荷足船に、五人が乗り合わせていた。

胴の間に頭巾を被った党首が座っていた。あとの四人は、黒子の装束を纏《まと》っていた。垂れはつけていなかったが、暗いので顔は識別できなかった。

意外に人数が少ないと、数馬は感じていた。全部で何名が駆り出されたかはわからないが、数馬を捜索するために、分散したものと思われた。

黒子の一人が、数馬の舟に飛び乗ってきた。数馬の腰から短筒を抜き取ってからいった。

「舟を移れ」

声で鉄壱の角蔵だとわかった。数馬は黙って従い、荷足船に乗り移った。今度は別の黒子に小突かれ、舳先《へさき》に近いところに座らされた。

「寄洲《よりす》へ行け」

党首が指示した。寄洲とは御船蔵《おふなぐら》の西側にある大川の砂州のことで、人を殺して埋めるには格好の場所だ。そこで処刑されるのは間違いないが、数馬は他人事《ひとごと》のようにしか感じなかった。

荷足船が動き出した。数馬がここまで漕いできた小舟も、あとを追ってきた。

それから半刻《はんとき》（約一時間）後、二艘の船が葦《あし》の生い茂る浅瀬に、舳先を並べて着岸した。

移動中は、終始無言だった党首が口を開いた。

「舳先に立て」

いわれた通りにすると、党首は自ら手を下すつもりらしく、大刀の柄に手を乗せた。

「なにか、いい残すことはあるか？」

「いい残したいことはございませぬが、お願いがあります」

「申してみよ」

「陣八郎が張り立てた短筒で――」

「仕留めてほしいということなら、聞き遂げてやろう」

「そのうえで、陣八郎と一緒に埋めて下さい」

「それは駄目だ。埋める手間を掛ける気などない。ここで野晒《のざら》しにする」

黒子どもの間に、嘲笑が湧いた。

「それで結構です」

数馬がいうと、角蔵が短筒を持って荷足船に乗り移った。

「この筒は、一度に二発撃てる仕掛けになっております。玉込めは済んでおりましたので、あとは火縄を灯《とも》せば、撃てるはずにございます」

黒子党の武器調達の任に当たっているだけに、角蔵は鉄炮にも詳しかった。

「おぬしに任せる」

「はっ」

角蔵が提灯の明かりで火縄に点火し、さらに引き金を引くだけの状態にしてから、党首に渡した。

「裏切り者の顔など、見たくもない。後ろを向け！」

党首が冷たい声で言い放った。

「かしこまりました」

党首に背中を向けると、短筒の先を後頭部に押し付けられた。

――これなら玉が拡がっても、撃ち漏らすことはない。

数馬は安堵していた。

連発銃で撃ち殺してくれるよう願い出たのは、策があってのことではない。苦しまずに死にたかっただけで、この期に及んで悪足掻《わるあが》きをする気は毛頭なかった。

首《こうべ》を垂れて、最期のときを待った。心は穏やかで、雑念が湧くこともない。

「ふぅーっ」

長い息を吐き終えたとき、銃声が轟《とどろ》いた。さすがに身が竦《すく》んだが、

――えっ？

生きていた。掠《かす》り傷《きず》ひとつ負っていなかった。

反射的に振り向く。党首が首を横に曲げた奇妙な姿勢で突っ立っていた。が、すぐに直立したまま倒れだした。

数馬は咄嗟に、党首が右手に握っていた短筒を毟《むし》り取った。船縁《ふなべり》に足を取られた党首が、頭から浅瀬に落ちていった。

誰かが叫ぶ。

「御頭様が撃たれたぞ！」

直後、再度の銃声――音はひとつだが、二人の男が同時に倒れた。一発の銃弾が、二つの身体を貫いたようだった。

――残ったのは、こいつらだけか。

艫側《ともがわ》に身を伏せた二つの影に、数馬は忍び寄った。

「敵はどこだ、どこにいる？」

切迫した声に、

「音が近かった。すぐそのあたりにいるはずだ」

そう答えたのは角蔵だった。

数馬は並んだ頭の中間に狙いを定め、

「陣八郎が世話になった礼だ」

口の中で呟いてから、ゆっくりと引き金を引いた。

数馬は船縁から身を乗り出して、血と脳漿《のうしょう》を浴びた顔を、大川の水で洗っていた。気持ちが悪くて始めたことだが、冷たい水が肌に触れるたびに、ぼんやりしていた意識がはっきりしてきた。

ふと、微《かす》かな櫓声に気づいた。

船体は闇に溶けて見えないが、音は対岸に向かっていた。危ないところを救ってくれた相手が、姿を見せないまま、去ろうとしているとしか考えられなかった。

——いったい誰なんだ？　なぜ、助けてくれたんだ？

思い当たる人物は一人もいない。答えを得るには、本人に直接、訊《たず》ねるしかない。

数馬は小舟に飛び移った。

急いだせいで、胴の間に横たわっていた陣八郎の亡骸《なきがら》を危うく踏んでしまいそうになった。

竹竿《たけざお》で浅瀬を突いて離岸した。三十間（約五十五メートル）ほど先を行く櫓声を頼りに全力で追走した。

距離はいっこうに縮まらなかった。逆に、数馬を振り切るように、櫓の軋《きし》む音が忙しくなった。

しばらくして、その音も絶えた。謎の人物が対岸に辿《たど》り着いたようだった。

「待って下さい」

大声で呼びかけたが、駆けていく足音が聞こえただけだった。

ここまでして正体を晒す気がない相手を追っても無駄だと、さすがに悟った。

櫓を漕ぐ手を緩めると、どっと疲れを覚えた。

——それにしても、こんなことになろうとは。

数刻前には予想だにしなかったことが、続けざまに起きた。たった一晩で起きたとは信じられないほど目まぐるしい展開に、しばし思いを馳《は》せずにはいられなかった。

——いや、まだ終わっていない。

党首が死んでも、黒子党が消えてなくなったわけではない。新たな追っ手を差し向けて来るのは、火を見るよりも明らかだ。すぐそこまで迫っていても、不思議ではない。

舳先に衝撃がきた。舟が川岸に乗り上げていた。

陣八郎の亡骸を残していくのは辛かったが、数馬は二挺《ちょう》の鉄炮と箱を持って上陸した。

——明日の朝には、誰かが見つけてくれる。無縁仏として葬られるだろうが、野晒しになるよりは増しだろう。

そう思うことで自分を慰めつつ、数馬は歩を踏み出した。

二

周辺に怪しい影はなかったが、深夜にもかかわらず、役宅に明かりが灯っていた。

——遅かったか。

数馬は奥歯を嚙《か》み締めた。

危険を承知で役宅に舞い戻ったのは、党首の命を奪われた腹いせに、黒子どもが丹兵衛と若狭を襲うのではと、急に不安になったからだった。

そのときには大川端を北進していたが、慌てて役宅まで駆け戻っていた。

党の魔の手が伸びる前に、二人を安全な場所へ移すつもりだった。そのために必要なら、自分の正体を打ち明けることも厭《いと》わないと、心に決めていた。

だが、間に合わなかった。

いまの数馬には、それ以外に役宅に明かりが灯っている理由は考えられなかった。もしこのとき、玄関の戸が開いて丹兵衛が外に出てこなければ、絶望のあまり、気が触れたかもしれない。いや、十中八九、そうなっていただろう。

——ああ、良かった。

数馬は安堵《あんど》の息を吐いて、その場にへたり込んだ。

ひとしきりあたりを窺《うかが》ってから、丹兵衛が戻っていった。

そのときにはもう、気持ちも落ち着いていた。数馬は足音を殺して、玄関脇の生垣を跨《また》ぎ、庭に立ち入った。

陣八郎の形見の品——二挺の鉄炮——を物置小屋の中に置いてから、母屋に近づいた。

障子に二人の影が映っている。

「……旦那さまのことですから、一貫斎様と話し込んでいるうちに、帰るのを忘れてしまわれたのでしょう」

「そうだとしても、遅すぎる。なにかあったのかも知れぬ」

「旦那さまは子供ではありません。そんなに案じなくても、そのうち戻って来られますよ」

「胸騒ぎがする。これから鉄炮会所《てっぽうかいしょ》に行ってくる」

丹兵衛が立ち上がったのが、影の動きでわかった。

「行き違いになると、かえって面倒なことになります。どうしてもとおっしゃるなら、もう少し待ってからにして下さい」

急に胸が苦しくなった。

——俺のような人間の屑《くず》を、こんなに心配してくれるのか。そんな家族を捨てて、俺は黙って姿を消そうとしていたのか。

心の堰《せき》が切れたように、足が勝手に動きだした。数馬は玄関に廻り、がらりと戸を引いた。

「遅くなってすみません。ただいま帰りました」

どたどたという足音がして、丹兵衛がやって来た。

「こんな夜更けまで、どこでなにをしておった!」

いきなり、怒鳴りつけられた。心配のあまり、激昂《げっこう》しているのはわかったが、こんな丹兵衛は一度も見たことがなかった。

「………」

言い訳を用意していなかった数馬は、たちまち言葉に窮した。

丹兵衛が目を眇《すが》めていった。

「随分と着物が汚れておるな。なにをしたら、そうなるのじゃ?」

「じつは……」

数馬は言い訳を思いついた。「怪しい輩《やから》に絡まれ、無理やり、刀を奪われてしまいました」

「まことか？」

問うた声には、怒気が消えていた。

「なんとか取り返そうとしたのですが、この様です」

「それで帰りが遅くなったのか」

丹兵衛が呟き、

「怪我はないか？」

と、優しい声で訊《き》いてきた。

「はい。着物が汚れただけで済みました」

「それを聞いて安心した。金で刀は買えても、命は買えぬ。またなにか盗られるような目に遭っても、無理をして取り戻そうとしてはならぬ。そう肝に銘じておけ」

「心得ました」

「若狭も起きて待っておったが、わしの説教が済むまで来るなといっておいた。早く顔を見せてやれ」

「そうでしたか」

数馬は框《かまち》に腰を下ろした。履物を脱ごうとすると、丹兵衛がそばにしゃがみ、耳元で囁《ささや》いた。

「若狭には、まだ言うなと口止めされておるのじゃが」

丹兵衛が間をもたせてから続けた。「どうも、子が出来たようじゃ」

「子が?」

「そうじゃ、これで流山家も安泰じゃ」

「まだ喜ぶのは早すぎませんか?」

あとでがっかりしてほしくなかった。

「初めてのことゆえ、若狭はまだ疑っておるが、間違いなく懐妊しておる。わしも伊達《だて》に年を取ってはおらぬ」

「…………」

「なんじゃ、婿殿は嬉《うれ》しくないのか?」

「もちろん嬉しいです」

笑顔を作ったが、本当は自分の気持ちがわからなかった。ただただ困惑していた。

「どんな子が産まれるか、楽しみじゃのう」

丹兵衛の弾んだ声が、やけに遠く聞こえた。

明け方近く、数馬は物置小屋を出た。

昨夜、若狭が寝たあとでここへ来て、黒子の襲来に備えていたが、結局、なにもないまま朝を迎えていた。

——そろそろ行くか。

数馬はこれから鉄壱へ行き、仁平を通じて、黒子党の幹部に面会を求めようとしていた。家族の命を保障してもらうために、自ら出頭する——それが、今後の身の振り方を考えて至った結論だった。

役宅に舞い戻ったのは、丹兵衛と若狭を避難させるためだったが、じつはそんな選択肢など、最初から無かったのだ。そんなことをしても一時凌《いちじしの》ぎにしかならないし、かといって、一緒に逃亡するわけにもいかないからだ。

では、自分だけ逃げればいいのかというと、それはそれで問題がある。黒子党の出方次第で、家族が餌食になる恐れがある。もちろん、黒子党が数馬の家族の命まで奪う気がないなら、逃げたもの勝ちということになるが、自分のせいで、かけがえのない人たちが犠牲になる危険を冒してまで、生き延びたいとは思わなかった。

むしろ、家族——若狭が腹に宿した子を含めると三人——の命が保障されるなら、こんな命など、党に呉《く》れてやろうと思ったのだ。

——いままで、お世話になりました。あなたたちと過ごすことができて、わたしは本当に幸せでした。

庭から玄関先に出た数馬は、いったん足を止め、眠っている丹兵衛と若狭に、今生の別れを告げた。

曙光《しょこう》が差し始めたばかりの町を歩き始めた。武器はなにも持っていないので、足取りは軽かった。

道行く人の姿はなかったが、目に入るものすべてに愛おしさを覚えた。いままで見過ごしていた道端の雑草まで、その美しさに目を見張った。

歩を進めるうちに、朝の早い人たちを、ちらほらと見かけるようになった。

数馬は誰彼を問わず、目が合うと、

「おはようございます」

率先して挨拶した。相手から挨拶が返ってくると、心がじんわりと温かくなった。

三

「流山さん、どちらへお出かけですか？」

ふいに背中から声をかけられたのは、愛宕山《あたごやま》が近くなってきた頃だった。名前で呼ぶからには、知り合いだろうと思ったが、振り向くと見知らぬ武家が立っていた。

年は数馬と同じくらいか。すらりと背が高く、身形《みなり》で身分の高いことがわかった。いかにも育ちが良さそうな品のある顔に、親しみの籠もった微笑《ほほえ》みを湛《たた》えていた。

怪訝《けげん》に思いつつ、数馬は訊いた。

「失礼ですが、どちら様ですか？」

相手がにっこりと笑い、

「錦織《にしきおり》と申します」

名前にも覚えはない。数馬は首を傾げた。

「こうしてお目にかかるのは初めてです」

錦織がいい、世間話でもするように続けた。「わたしが、黒子党の党首を引き継ぐことになりました」

「えっ！」

驚愕《きょうがく》のあまり、数馬は絶句した。

「さっきの問いにまだ答えてもらっていませんよ」

「て、鉄壱へ行こうとしていた」

数馬は、やっとの思いで声を絞り出した。

「ほう、なんのために？」

「だから、その……」

舌が縺《もつ》れた。

「落ち着いて下さい。殺すつもりなら、とっくにやってます。ようするに、こういうことですか？　逃げても無駄だと悟ったあなたは、自ら出頭することで、命乞いをしようとしている」

「俺の命はどうでもいい」

「………………？」

「家族には手出しをしないと約束してくれ」

「なるほど、そういうことですか」

「頼む、いや、お願いします。どうか、家族だけは」

錦織が顎に手を当て、考えてからいった。

「わたしは、杉本を暗殺するべきではないと思っていました。さすがに面と向かって頭《かしら》に意見はしませんでしたが」

「なにをおっしゃりたいのですか？」

「まだほんの触りです」

苦笑した錦織が、

「いまや公儀が愚者の集まりであることは、子供にもわかることとです。黒子党に下される指令も推して知るべしというものですが、あの頭はどんな指令を受けても、忠実に実行するしか能のない方でした。自分の考えを持たなかった――いや、持とうとしませんでした。指令する側にとっては忠臣といえるでしょうが、あの頭に任せていたら、党がどうなるか、わたしは不安でなりませんでした。どういう不安かは、あなたにもおわかりになるはずです」

わからないでもない。黒子として数々の暗殺に携わってきた経験から、数馬も同様の危惧を抱いていた。

黒子党は標的の死因を捏造《ねつぞう》する。自害かあるいは標的同士の間で争いが起きて死に至ったように見せかける。そうすることで、党の関与を隠蔽してきた。

だが今回、あの党首は、杉本を公衆の面前で射殺せよと命じた。もはや暗殺ともいえない公開処刑が、いかなる結末をもたらすかまで、熟慮しているとはとても思えなかった。

――御頭様も、手駒にすぎなかったのか。

そう考えると、なにもかも腑《ふ》に落ちた。無謀とも杜撰《ずさん》ともいえる暗殺計画は、錦織のいう、馬鹿の集まりの中から出て来たものだったのだ。

「せめて身代わりを立てるべきでした」

「身代わり？」

「杉本に個人的な恨みを持つ者を、下手人に仕立てれば、もし流山さんが、杉本を撃っていたとしても、誰もあなた――ひいては黒子党に、疑いの目を向けません」

たしかに上手い手だ。数馬はうなずいてみせた。

「話を戻します。杉本を見逃せば、自分の命は無いと承知のうえで、あなたは命令に逆らった。それどころか、不利な状況を覆し、頭と四人の黒子を返り討ちにしました」

数馬は黒子を二人、殺害しただけだが、それをいっても信じてはくれないだろう。

「本来なら、あなたを謀反の廉《かど》で処刑すべきです。ですが、わたしは、あなたを党を救った功労者だと考えています。労《ねぎら》うことはあっても、罰することはありません」

――俺が党の功労者？

数馬は耳を疑った。

「どこをどう考えれば、そうなるのですか？」

「答える前に教えて下さい。杉本茂十郎について、頭はどんなことをいってました？」

「公儀を謀《たばか》り、多大な損害を与えた不届き者ということでした」

「やはり、そうでしたか。しかし、それは真っ赤な嘘です。公儀が損害を蒙《こうむ》ったのは、杉本のせいではありません」

「…………？」

「杉本が頭取を務める三橋会所《さんきようかいしよ》は十年前に開かれ、年に一万二百両もの冥加金《みようがきん》を生み出してきました。六年前に設立された米会所も、毎年千両の冥加金を上納しています。いずれも、公儀にとっては濡れ手に泡の商売です。それで満足すればいいものを、公儀はさらに欲を出しました。

なんと、三橋会所の冥加金を、米会所で行われている相場につぎ込めと杉本に命じたのです。しかも、失敗しても冥加金は払え、巧《うま》くいったら上前を寄こせという、なんとも図々《ずうずう》しい命令でした。杉本は、そんなことをすれば、相場が荒れてしまい、損金が出ると忠告したそうですが、公儀は聞く耳を持たなかった。あげく損金が出ると、杉本を悪党に仕立て上げ、責任をなすりつけたのです」

杉本の人柄を知るだけに、錦織の言葉には説得力があった。

「頭は、杉本が町年寄の樽屋を殺したといってませんでしたか?」

「はい」

「それも嘘です。頭がやらせたことです」

――そうだったのか。

身体から力が抜けた。

「本当の悪党は公儀ですが、腐り果てた公儀に従う黒子党も、同じ穴の狢《むじな》です。いまや、醜い権力争いの道具に成り下がってしまいました。そんな党を、わたしは正道に戻したいと考えています」

――人殺しの集団に、正道もなにもあったものではない。消えてなくなったほうが、よほど世の中のためになる。

数馬はそう思う一方、ようやく話の道筋が見えてきたような気がした。

はたして、錦織はいった。

「回りくどい話はここまでにして、ずばりいいます。あなたを処刑しても、死骸が一つ増えるだけです。むしろ、類稀《たぐいまれ》な腕前を持つ鉄炮撃ちを失うことで、党は大きな痛手を受けてしまいます。あなたが心を入れ替えて党のために働くと誓うなら、命は保障します。もちろん、ご家族も含めて」

錦織は合理的に物事を考える性質らしい。数馬を功労者といったのもその証だろう。そういう意味では信じるに足る言葉だが、どう考えても、話がうま過ぎた。

罠《わな》の臭いが、ぷんぷんしている。それがどんな罠なのかは、見当もつかないが。

数馬はふと、根本的な疑問を覚えた。そもそもこんな若造が、党首に選ばれるものだろうか？

すると、内心を見透かしたように錦織が、

「わたしが頭になったことを、疑っておられるようですね」

錦織の鋭い洞察力に舌を巻きつつ、数馬は勇気を奮い起こしていった。

「ええ、疑っています」

「わたしが次期党首になることは、一年ほど前から決まっていました。それを決めたのは前の頭で、自分になにかあったら、錦織に従うようにと、党の幹部に命じたのです。ちなみに、そのときの幹部は、わたしのほかに八人いました。寄洲で二人死に、いまは六人になっています」

「それが事実だとしても、その六人が、大人しくあなたに従ったとは思えません。わたしを殺せと主張した方もいたはずです」

「ええ、ほとんどの幹部から反対されました」

錦織が、さらりといった。

「どうやって抑えたのですか？」

「金にものを言わせました」

「金？」

「あなたが杉本茂十郎を撃たなかったお陰で、黒子党の懐が潤いました。もうおわかりでしょうが、杉本を殺さない代わりに大金を払わせたのです」

錦織が右手を突き出し、掌を立てた。

「五百両も!?」

「いえ、五千両です」

「いったい、いつそんなことを？」

「ちょうど流山さんが家に帰られた頃です。あなたは気づかなかったようですが、あの家には『目』が張り込んでいました。頭の死体が寄洲で発見されたのは、その半刻ほど前で、わたしが党首になって初めて指揮を執ったのが、杉本に自分の身代金を払わせることだったのです」

「………」

「話を続けますが、五千両の一部を、幹部に分け前として、二百両ずつ与えました。さらに今後は、働きに応じて報酬を払うと約したところ、頼んでもいないのに、六人が血印を押し、わたしに忠誠を誓いました」

「党内はそれで収まったとしても、公儀が求めているのは、杉本の殺害です。命令に逆らうことになりませんか？」

なぜか、錦織がくすりと笑った。

「その件に関しても、すでに手を打ちました。五千両のうちから二千両を、公儀のさる方に献上しました。叱られるどころか、よくやったと褒められました。人とはそれほど、欲に弱い生き物なんですよ」

その『さる方』というのが、黒子党に命令を下しているということだろう。

「杉本さんの暗殺は中止になったのですね？」

数馬は念を押した。

「ええ、党が杉本に手出しをすることは、二度とありません」

錦織がきっぱりと断言した。

いまはその言葉を信じるしかない、と数馬は思った。

「だいたいこんなところですが、ご納得、いただけましたか?」

「…………」

「次にお会いするときは、仕事をお願いすることになると思います。もっとも今後は、暗殺などという野蛮な手段は、できるだけ採らない方針ですので、当然、あなたに仕事を頼む機会も減るでしょう。そういうわけで、お会いするのは、だいぶ先になりそうですが、その節はよろしくお願いします」

錦織が、腰を折って低頭した。

年齢が近いこともあるのだろうが、およそ目下に対する態度ではない。そこには誠意すら感じられたが、「はい、そうですか」と、受諾できることではなかった。

かといって、拒否することもできない。せめて言質《げんち》をとられぬよう、数馬は無言を通した。

「では、また」

錦織が颯爽《さっそう》と去っていった。

釈然としないものが残っていたが、当面の危機は回避できたとみても間違いではないだろう。そう判断した数馬は、来た道を引き返した。

役宅に着くと、いつもと変わらぬ流山家の朝が始まっていた。

四

朝餉《あさげ》の席に、なぜか丹兵衛の膳がなかった。

「義父上《ちちうえ》は？」

と、数馬は若狭に訊ねた。

「先に食事を済ませて、出仕されました」

「急ぎの仕事でもあったのですか？」

「いえ、きょうは婿殿を休ませると申され、届けを出すために、早目にお城へ向かわれたのです」

「わたしのせいで、義父上もあまり寝ておられぬでしょうに」

「わたしもそういったのですけど」

若狭が、咳払《せきばら》いをひとつしてから続けた。

「婿殿は大変な目に遭《お》うたのじゃ。わしよりも疲れておるはずじゃ」

丹兵衛の口真似だった。

数馬は下唇を嚙んだ。そうしないと、涙が出そうだった。丹兵衛の優しさが身に染みていた。

「なので、旦那さま、きょうはズル休みできますよ」

「ズル休みですか」

数馬は思わず、苦笑した。

「そうそう、これで刀を購《あがな》うようにと、金子を置いていかれました」

「すみません、ちょっと用を足してきます」

もう我慢できなかった。尿意ではない。若狭に泣き顔を見られたくなかったのだ。

数馬は厠《かわや》へ行き、声を殺して泣いた。嗚咽《おえつ》が治まると、顔と手を洗い、茶の間に戻った。

箸を取ろうとした数馬に、若狭がいった。

「わたしからも、旦那さまに、お話ししたいことがあります」

「なんでしょう？」

「今朝、炊いた米をお櫃《ひつ》に移していたとき、胸がむかむかして」

若狭が恥ずかしそうに俯《うつむ》いた。昨夜、丹兵衛に耳打ちされていなければ、なんのことかわからなかっただろう。

「もしや？」

「はい。やや子ができたようです」

「…………」

「旦那さまは、嬉しくないのですか？」

「まさか。言葉も出ないほど、嬉しいです」

「お父さまにも伝えました」

「さぞかし、喜ばれたことでしょう」

「ええ、とても」

昨夜の丹兵衛は、すでに確信したような口ぶりだったが、あらためて喜んだに違いない。その様が目に浮かぶようだった。

――俺が父親になるのか。

まるで実感はなかった。

その日の午後、数馬は刀を買いに出かけた。丹兵衛が指定した『尾張屋《おわりや》』という刀屋はわりと近所で、以前、看板を見かけたこともあったので、道に迷うようなことはなかった。

丹兵衛が置いていった金子は五両だったが、数馬は店にあった一番安い刀を買った。

それでも、脇差と合わせて一両三分もした。

諫早隼人とばったり出くわしたのは、新しい大小を腰に差して、刀屋を出たときのことだった。隼人が通りの向こうから歩いてきていた。

——風邪をひいたことになっているのに、まずいな。

丹兵衛がその旨、届けを出したことは若狭から聞いていた。

「こんにちは」

隼人が先に声をかけてきた。挨拶を返すと、

「奇遇ですね。流山さんも非番ですか?」

「ええ、まあ」

数馬が曖昧に答えると、

「すぐそこに、いい茶店があります。お忙しくないようでしたら、そこで少しお話ししませんか」

と、誘ってきた。直属ではないが、いちおう上司だ。断れば顔を潰すことになるが、党員であることが疑われるのみならず、親の仇《かたき》と狙っている可能性さえある人物と同席するのは、考えただけでもぞっとした。

「すみません、ほかにも用事がありまして」

「そうですか」

隼人が、さも残念そうにいった。

「それに、お父上とは、ほとんど、お付き合いがございませんでした。それがしよりも、鉄炮方の方々に訊かれたほうが、よろしいかと存じます」

隼人が、がっかりした子供のように肩で溜息《ためいき》を吐《つ》いた。その仕草は、哀れを催すほどで、思わず同情しそうになったが、心の中で警鐘が鳴った。

――偶然にしては、できすぎている。

隼人はたまたま通りかかったのではなく、数馬が刀屋から出てくるのを、待ち受けていたと解釈できなくもなかった。

いったん疑いだすと、際限がなかった。子供じみた仕草まで演技のような気がした。

隼人と別れて役宅へ向かって歩きだしてからも、数馬は何度も後ろを振り返った。あとをつけられていないか確認するためだったが、姿も気配もなかった。

――あいつとは、これからも関わらないようにしよう。

所属も職場も異なるので、それほど難しいことではない。今後も隼人とは、距離を置こうと決めた。

それから一月半《ひとつきはん》と経たないうちに、頻繁に顔を合わすことになろうとは、そのときの数馬は、夢にも思っていなかった。

五

七月に入って鬱陶しい梅雨が明け、夏も本番を迎えるなか、数馬は平穏な日々を過ごしていた。

そんな日々が、危うい均衡の上に成り立っていることは、じゅうじゅう承知している。いずれ錦織が接触してくれば、あっけなく崩れ去ってしまうことも。

しかしながら、数馬本人は、そのことをほとんど気にしていなかった。

心境に明らかな変化があったからだ。以前は常に薄氷の上に立っているような不安を抱えていたが、それがほとんどなくなっていたのだ。

そうなった理由はよくわからないが、これ以上はない修羅場を潜《くぐ》り抜けたことが関係しているのは、間違いなかった。大川の川開きの夜に起きたことは、それまでに踏んでいた修羅場が、まるで子供の遊びのように思えるほど、凄《すさ》まじいものだった。

絶体絶命の窮地を脱したことで、どんなことが身に降りかかっても、生き抜く自信がついたのだろう。あるいは、命の儚《はかな》さを思い知ったせいで、いつ死んでもいいように、いまのうちに『生』を楽しんでおこうとしているだけなのかもしれないが。

いずれにせよ、生きる喜びを、これほど強く感じたことはなかった。

数馬は長閑《のどか》な暮らしを、心から楽しんでいた。

そんなある日――。

城での仕事を終えた数馬は、真《ま》っ直《す》ぐ帰宅していた。

虎《とら》ノ門《もん》から城外に出て、霊南坂《れいなんざか》に差し掛かったとき、数馬の前を、手拭いを頬被《ほおかぶ》りし、背中を丸めて、とぼとぼと歩いていた男が急によろめいた。

なにかに躓《つまず》いたようには見えなかった。

数馬は男に早足で近づいた。

「お加減が悪いようですが、大丈夫ですか？」

男が前を向いたまま、意外としっかりした声で答えた。

「なんでもございません」

数馬は、おやっと思った。声に聞き覚えがあった。

「もしや、あなたさまは――」

その先を続けなかったのは、名は知らないことになっていたからだ。数馬は代わりにこう続けた。

「以前、あなたさまに危ないところを助けていただいた、流山です」

男が足を止めて振り向いた。思った通り、杉本茂十郎だった。

杉本も数馬の顔を見て、

「ああ、あのときの」

と、愁眉を開いた。

見る影もなくやつれている。やくざ者を、蹴散らしたときの面影は微塵《みじん》もなかった。

——それにしても。

「その節は、ありがとうございました」

数馬はあらためて礼をいった。杉本が少し躊躇《ためら》ってから、

「大坂屋と申します」

屋号で名乗った。

「あの大坂屋さんですか？」

数馬は、ぽかんとした顔を作って質問した。

「ええ、巷《ちまた》で『怪しい猛獣』などと揶揄《やゆ》されている、あの大坂屋茂十郎です」

「たしか、先月の末に？」

「そうです。江戸を所払いされました」

杉本が追放処分を受けたことは、江戸中の噂《うわさ》になった。もちろん数馬も耳にしていた。

衆目は、この処分を妥当とみたが、裏事情を知る数馬は、杉本が暗殺を免れたことを喜びこそしたものの、公儀の汚い遣《や》り口《くち》に、怒りを覚えたものだった。

「そういう身の上ですので、わたしとここで会ったことは、どうか内密に」

杉本が頼んだのは、江戸に立ち入ったことが発覚すると、ただでは済まないからだ。

「決して人にはいいません」

数馬は首を横に振った。「どうしてこんな危ないことを？」

「貸していた金を、回収しようと思いまして」

杉本は私財没収のうえ、追放された。なにもかも奪われ、一文無しになっていた。

「あんなに面倒を見てやったのに、いざとなると冷たいものです」

杉本は危険を冒して集金に行ったのに、断られたようだった。

「あげく奉行所に密告すると、脅される始末で」

「お気の毒に」

数馬は心から同情した。

「わたしと一緒にいると、流山様に迷惑がかかります。これにて失礼させていただきます」

「お待ち下さい」

数馬は懐から財布を取り出した。小銭しか持ち合わせていないと思ったが、財布を開くと、折り畳んだ紙の端が見えた。

——そうだ。あの金があった。

数馬は手付かずで残っていた逃走資金を、この財布に入れていた。一分金が十枚入っている紙包を、杉本の手に握らせた。

「なにかの足しにして下さい」

杉本が掌を開いて、紙包を見詰めた。

「お気持ちだけで結構です」

いいながら伸ばしてきた手を、数馬は押し戻した。

「ほんの恩返しです」

杉本が目頭を押さえ、震える声でいった。

「ありがたく、拝借させていただきます」

借りるという名目で受け取ったことになるが、借金を返すために、杉本が奮起してくれるなら、むしろそのほうがいいと数馬は思った。

はたして杉本は、金銭以上のものを得たようだった。

「お陰さまで、元気が湧いてきました。このお金は、できるだけ早く、お返しします。わたしが届けるわけにもいきませんので、人に頼むことになりますが、流山様のお住まいを教えていただけませんか？」

「もちろんです」

数馬は喜んで役宅の住所を教えた。

杉本が額に紙包を押し当てて、お辞儀をした。

「では」

「お達者で」

行く方向は同じだが、数馬はその場に佇《たたず》んで見送った。丸まっていた杉本の背筋が、しゃんと伸びていた。

——杉本さんに会ったことを話したら、若狭もきっと喜ぶだろう。

そう思いながら数馬は、玄関から声を投げた。

「ただいま戻りました」

若狭が廊下の奥から急ぎ足でやって来た。それを見た数馬は、一言、注意した。

「足元に気をつけて下さい」

誤って転びでもしたら、お腹の子に障るかもしれないと案じてのことだった。

「あっ、いけない」

若狭がいったん足を止め、ゆっくりと近づいてきた。数馬の目を見て、

「ごめんなさい」

と、神妙に謝った。

「べつに怒ってません」

数馬は笑顔を浮かべて首を横に振った。それから杉本のことを話そうとしたが、その

前に若狭がいった。

「諫早様が、お待ちです」

「わたしを、ですか？」

「ええ、旦那さまに、お会いしたいと申されて」

――家にまで押しかけてくるとは。

隼人のしつこさに、腹が立った。それでも急いで座敷に向かい、上座にいた隼人に、膝を揃《そろ》えて低頭した。

「ようこそ、おいで下さいました」

軽く会釈を返した隼人が、もごもごした声でいった。

「このたびは、……、おめでとうございます」

なんのことをいったのか、はっきりとは聞き取れなかったが、若狭の懐妊祝いだと察しがついた。それにかこつけて来たのかと思うと、ますます腹が立ったが、

「わざわざ、お越しいただき、ありがとうございます」

もう一度、頭を下げるしかなかった。

「どうぞ、お楽に」

いわれて面を上げると、隼人がわけのわからないことをいいだした。

「そういうわけで、これからもよろしくお願いします」

数馬は、きょとんとした。

「すみません、聞き間違えたようです。先ほどは、なんとおっしゃったのですか？」

「ご昇進、おめでとうございますと申しましたが」

「昇進？　鉄炮方の同心にですか？」

「そうです。本日、正式に決まりました。数日前に田付《たつけ》様から相談を受け、あなたなら、鉄炮方でも立派に勤められると、わたしはお応えしました」

田付家は鉄炮方を束ねる長を世襲してきた家柄で、鉄炮磨同心《てつぽうみがきどうしん》の数馬にとっても上司に当たっていた。

「それはどうも、ありがとうございました」

「いえ、お礼なら、一貫斎殿に申されたほうがよろしいですよ」

「どういうことですか？」

「田付様から伺《うかが》ったのですが、あなたを鉄炮方の同心にするよう、一貫斎殿が楽翁様に推挙されたのだそうです」

それを聞いて数馬は納得したが、

――この不肖の弟子を、推挙して下さったのか。

そう思うと、素直に喜べなかった。師に対する数々の裏切り行為が、脳裏を過《よぎ》っていた。

六

「鉄炮方の同心様が、こんなところになんの用だ?」

業務で久しぶりに鉄炮蔵に赴いていた数馬に、そう問いかけてきたのは、かつての同僚——坂口だった。

相変わらず、言葉遣いは酷《ひど》いが、表情には親しみが溢れていた。

「どうも、ご無沙汰してます」

昇進して早くも三月になる。その間、坂口と顔を合わせる機会はなかった。

「新しい仕事には、もう慣れたか?」

「お陰さまで、なんとか、やっています」

「こっちは相変わらずだ。使いもしねぇ鉄炮を、毎日、せっせと磨いているぜ」

声を潜めるでもなく、坂口が愚痴を垂れた。「ところで、あいつとは仲良くやってるのか?」

あいつが誰を指すのかは、問い返すまでもなく察しがついた。いまはそばにいないが、隼人が一緒に来ていた。

まったく迷惑な話だが、鉄炮蔵のことをもっと知りたいといって、付いて来たのだ。

ほかにもそういうことはたびたびあり、逆に隼人の御伴《おとも》をさせられることもあった。

もっとも、二人でいても危険を感じたことはない。年が若いので、数馬を頼りにしているだけなのかもしれなかった。

心を許したわけではないが、以前と比べて警戒心は減っていた。

「まあそれなりに」

数馬は適当に答えた。

「あいつには隙を見せないほうがいいぞ」

「えっ、どういうことですか?」

「やっぱり、気づいてなかったのか。あいつがお前を見る目は普通じゃねぇ。用心しねぇと、御釜を掘られるぞ」

「ええっ?」

開いた口が塞がらないとは、このことだろう。数馬は思わず、噴き出しそうになった。

「冗談は止めて下さい」

「まるでわかってねぇな」

坂口が珍しく真顔になり、

「俺は女しか好きにならねぇが、男同士の色恋には、滅法、鼻が利くんだ。俺の見立てが、外れたためしはねぇ」

「わたしにも、そのケはありませんよ」

「だから、隙を見せるなといってるんだ。あいつのほうが立場が上だ。迫られたら、断れないかもしれねぇだろ。悪いことはいわねぇ。あいつとは二人きりになるな」

そこまでいわれると、さすがに笑い飛ばせなくなった。

「ご忠告、ありがとうございます」

数馬は、半ば本気で礼をいった。


その日の夜遅く、鉄壱の一室で、七人の男たちが車座になって談義していた。七人は、錦織と黒子党の幹部たちで、年齢も服装もばらばらだった。

四半刻前から始まった談義は、終盤に差し掛かっていた。

「……御頭様にいわれた通り、無宿者を四人ばかり、金で雇って集めました。いまは仁平と一緒に、裏庭で待たせております」

錦織の右隣にいた幹部の一人がいった。

「どういって、騙したのですか？」

「女を一人、攫《さら》ってほしいと——。奴《やつ》らはそれだけで二両稼げるのかと、喜び勇んでついて来ました」

「あとは、仁平の処分をどうするかですね。抜け穴を掘られたことに気づかなかったのは、失態というほかありません。わたしは厳重に処すつもりですが、異存のある方は、遠慮なく、おっしゃって下さい」

錦織が幹部の面々を見回したが、誰も口を開こうとしなかった。

「では、無宿者と纏めて……」

錦織は、そこまでしかいわなかったが、幹部たちは雁首《がんくび》を揃えてうなずいた。

「さっそく、準備に取りかかって下さい」

錦織が命じると、

「無宿者どもには、すでに黒子の装束を身につけさせております。仁平も、着替えさせたほうがよろしいですか？」

「いや、それには及びません」

錦織が即答した。「無宿人は、みなさんにお任せします。仁平はわたしが、最後に殺《や》ります」

「ははっ」

幹部たちが、ぞろぞろと裏庭に移動した。錦織は彼らのあとを悠然と歩いた。

地面に座り込んでいた黒子の装束を纏った無宿人たちが、幹部たちを見て、立ち上がった。

「随分、待たせてくれるじゃねぇか」

文句をいったその男を、先頭にいた幹部が、いきなり突き飛ばした。

「な、なにをしやがる！」

男が息巻いたときには、四人の周りを、幹部たちが取り囲んでいた。

「騙しやがったな」

「かかれ！」

四人は匕首《あいくち》を持っていたが、それを抜く間もなかった。二人は大刀で膾斬《なますぎ》りにされ、一人は首の骨をへし折られ、もう一人は鉄の鎖で絞め殺された。

無宿者たちとは離れて、蔵の近くにいた仁平が、血相を変えて裏口のほうへ駆け出した。

が、いつのまにか先回りしていた錦織が、仁平の前に立ちはだかった。

「あなたまで殺す気はありませんよ」

錦織が猫撫《ねこな》で声でいった。

「ほ、ほんとうですか？」

「当たり前じゃないですか。そんなことをする謂《いわ》れがありません。それとも、抜け穴のことで、わたしが怒っているとでも、思っていたのですか？」

「ええ、そう思ってました」

仁平がおずおずと答えた。

「杞憂《きゆう》です」

仁平が安堵の溜息を吐いた。

「その死骸は、あとで利用します。われわれは、ほかにもすることがあるので、蔵に隠して置いてください」

「わかりました」

仁平が直ちに取りかかろうと、死骸に向き直った。歩を進めだした瞬間、錦織が構えも取らず、腰間を一閃《いっせん》させた。

刃が風を切る音と、鞘《さや》に収まる音が、ほとんど同時だった。まさに目にも止まらぬ早業に、自分が斬られたことにも気づかなかったか、仁平はそのまま歩いていた。

ふいに、仁平の膝が、がくんと折れた。傾いた胴体から首が落ち、ころころと地面を転がっていった。

前のめりに倒れた胴体の切断面から、ぴゅうぴゅうと音をさせながら、血が噴き出した。

やがてその噴流が勢いを失うと、錦織が冷たく言い放った。

「わたしを甘くみると、あなたたちも、こうなりますよ」

ふと、気づくと、役部屋にいるのは自分だけになっていた。

さして面白い仕事をしていたわけではなかったが、同僚たちが帰ったことにも気づかないほど、熱中していたらしい。

きょうはもう帰宅することにして、数馬は机の上を片付け始めた。

「なんだこれ？」

机の端に、瓦版が一枚置かれていた。

隼人が帰りがけに、置いていったのを、なんとなく思い出した。そのとき隼人となにか言葉を交わしたような気もするが、内容までは、覚えていなかった。

数馬は瓦版を手に取った。

紙面を一瞥《いちべつ》したとたん、手が震えだした。

瓦版に描かれていた絵は、散乱した五つの死体で、そのうち四体が、黒子の装束を纏っていた。

字面に視点を移した。『てついち』という語句が、目に飛び込んできた。

手の震えがますます酷くなった。数馬は、瓦版を机の上に置き、文章を冒頭から読み直した。

二日前の夜、鉄壱で事件が起きたことがわかった。黒子の装束を纏った死骸のほかに、仁平も惨殺されていた。

瓦版の書き手は、盗賊の一味が黒子に扮《ふん》して鉄壱を襲ったものと推測したうえで、

『なんとも奇怪な事件なり』と、記事を結んでいた。

——違う。そんなんじゃない。

読み終わったときには、確信していた。黒子党で内紛が起きたとしか、考えられない。死体のひとつが、錦織という線もありえた。

——もしそうなら、俺も消される。

くらくらと眩暈《めまい》がした。黒い幕が下りたように、目の前が暗くなった。

闇の中を、ひたひたと駆ける足音が聞こえてきた。

闇と見えて、闇ではなかった。

黒子が群がり寄せていた。

あっという間もなく、身体のありとあらゆる場所を、無数の手で摑まれた。全身に耐えがたい痛みが走った。

耳を引き千切られた。腕を捥《も》ぎ取られた。足を抜き取られた。胴を真っ二つに裂かれた——。

ぜえぜえ、という自分の息を耳にして、数馬は我に返った。

幻影はたちどころに消えたが、まだ手は震えていた。

七

その顔を見た瞬間、全身から力が抜けた。役宅の近くの路地に、錦織が立っていた。

ここまで走ってきていた数馬は、荒い息を吐きながら訊いた。

「ご無事でしたか？」

「ええ、なんとか切り抜けました」

「それは良かった。あなたになにかあったらと、生きた心地がしませんでした」

「心配していただき、ありがとうございます」

「そんなことより――」

「まあ、落ち着いてください。ご家族のことなら、大丈夫です」

「本当ですか？」

「お宅の周辺に党員を数名、配置しました。命がけで護るよう、きつく命じてあります」

数馬は胸を撫で下ろした。急いで帰宅したのは、家族の安否が気遣われたからだった。

「党が二つに分裂し、内輪揉《うちわも》めが起きてしまいました。こんなことになってしまい、まことに申し訳ありません。なにもかも、わたしの不徳の致すところです」

思った通り、党内で内紛が起きていた。そして、数馬の役宅に警護がつけられたということは、まだ内紛が治まっていないことを意味していた。

「これから、どうなりそうですか？」

「戦力では勝っていますが、相手側――陽炎組《かげろうぐみ》と勝手に名乗っているようですが、陽炎組の出方次第では、どう転ぶか、予測がつきません」

錦織が表情に苦渋を滲《にじ》ませた。「というのも、陽炎組が、ある人物を神輿《みこし》に担ごうとしているからです」

「誰ですか？」

「楽翁です」

ここでまた、その号を耳にするとは、思いもしなかった。驚く数馬に、錦織が続けた。

「前にあなたに、黒子党は『さる方』の命で動いているといいました。じつは御老中の水野忠成《みずのただあきら》様のことです」

それを聞いて、点と点が繋がったような気がした。貨幣を改鋳すべく、中心となって推し進めたのが、ほかでもない、水野だったからだ。

水野が老中に抜擢されたのは、真文二分金が登場する一年前（文化十四年）だったが、それが改鋳という大事業に貢献した功績によるものであることは、すでに公然の事実となっていた。

政治は綺麗《きれい》ごとではない。数馬に暗殺された綾瀬と琴乃は、水野の手足となって働いたのだろう。それは水野の秘密を握ることにもなる。改鋳がなった暁には、水野にとって、生きていられると困る相手になったであろうことは間違いない。だから、事前に排除されたのだ。

「流山さんもご存じのことと思いますが、楽翁を老中の座から引《ひ》き摺《ず》り下ろしたのは、水野様です。ようするに陽炎組は、黒子党に対抗すべく、水野様の政敵を後ろ盾につけようとしているのです」

「もし、そんなことになったら……」

「とてもまずいことになりますが、幸いにも、陽炎組が楽翁に接触した様子はまだありません。今後も、なにか動きがあれば、阻止します」

口が勝手に動いた。

「わたしにできることがあったら、いって下さい」

「もちろん、そのつもりで、お願いに参上しました」

「なにをすれば、よろしいですか?」

言い換えれば、誰を殺せばいいのかという質問にほかならなかった。たとえ将軍を殺せと命じられても、断る気はなくなっていた。

「もう、おわかりのはずです」

　ここまでの話の流れで、うすうす察していた。

「楽翁様ですか」

「ええ、それも早急に。引き受けていただけますよね」

　念を押された数馬は、こくりとうなずいた。

「承知しました」

　人を殺すことにも、迷いはなくなっていた。楽翁には、丹兵衛の望みを叶《かな》えてもらった恩義があるが、そんなことも、もはやどうでもよかった。

　愛しい家族の命と暮らしを守るには、畜生道を歩いていくしかない。数馬はそれが己が定めと受け入れていた。

「それを聞いて、安心しました」

　目元を緩ませた錦織が、顎に手を当てていった。が、すぐに怪訝な面持ちになった。

「わたしの顔に、なにか付いてますか？」

　問われて初めて、数馬は自分がしていたことに気づいた。穴が開くほど見詰めていた。顔ではなく、顎に当てた右手に。

　それも女のように肌理《きめ》の整った白い手の甲に。

　隅田川の花火大会の翌日、初めて会ったときも、錦織は同じ仕草をした。そのときは、右手の甲にほくろが、いくつかあった。いまはそれが、なくなっていた。

ほくろが消えるわけがない。では、あれはなんだったのか？

——火薬の燃え滓《かす》だ。

砲術に慣れ親しんできた数馬には、考えるまでもなくわかることだった。

発砲すると、火皿から飛び散った火薬の燃え滓が、特に火皿に近い身体の箇所——顔や手、衣服の首周りなどに、付着する。

衣服に付いたものは手で払えば取れるが、肌に付いたものは布で拭ったり、水で洗わないと、なかなか落ちない。しかも手の甲は洗い忘れることが多いので、燃え滓が残りやすい。

錦織の身体に匂いも残っていたはずだが、自分も何度か発砲していたので、嗅ぎとれなかったのだろう。

——こいつだったんだ！　寄洲で頭を撃ち殺したのは。

数馬は動揺を押し殺し、咄嗟にその場を取り繕った。

「御髪《みぐし》が付いているように見えましたが、気のせいでした」

錦織は不審を抱いた様子もなく、

「楽翁の寝込みを襲うつもりです。手筈が整い次第、お報せします」

と、会話を締めくくった。

「はっ」

数馬は畏《かしこ》まって頭を下げ、錦織の足音が聞えなくなるまで、地面を見続けた。

頭を上げたとたん、怒りが込み上げてきた。

——あいつは、とんでもない策士だ。どさくさに紛れて頭を殺し、党首に成り上がっただけじゃない。党が分裂したというのも、でっち上げだ。陽炎組だと？　ありもしないものに、もっともらしい名前をつけやがって。陽炎のように実体のない幻じゃないか。なにもかも嘘だ。あいつは手の込んだ芝居を打って、俺という扱いにくい黒子に、楽翁様を暗殺させるよう仕向けたんだ。

ふいに、足に痛みが走った。いつのまにか、地面に跪《ひざまず》いていた。

——隼人もぐるだ。やはり黒子だったんだ。畜生、もう、手遅れだ。どうにもならない。外濠を埋められてしまった。

こうなったら、騙されたことに気づいていないふりをして、畜生道を歩んでいくしかない。それしか残された道はない。

「あはははは」

愚かで惨めな自分を、嗤わずにはいられなかった。

——どうしてここに来てしまったんだろう？

そう自分に問いかけ数馬は、大崎の墓前に佇んでいた。

いつものように役宅を出て城へ向かったが、城門が目の前となったとき、急に仕事をするのが嫌になったのだ。雲に覆われた空を背景に聳《そび》え建つ門を見ているだけで、吐き気が込み上げた。

欠勤することにして踵を返した。ところが、いくらも行かないうちに、こんどは役宅に帰るのも億劫になった。

それからは足任せに歩いた。そして、なにかに導かれるように、ここまで来たのだった。

――そういえば……。前回ここに来たとき、大崎の怨念をこの身で受けるしか償いの道はないと悟り、気が済むようにしてくれと、心に念じたことを思い出した。

ここ一連の出来事は、その訴えが届いたとしか思えないことばかりだったが、墓前で念じたことも忘れていた自分に、いまさらながら啞然とした。

「少しは、恨みが晴れましたか？」

口に出したとたん、大崎に問うべきことは、それではないと気づいた。

墓参に訪れたのも、なにかに導かれたのではなく、自覚のないまま、良心に従っていたのだとわかった。

目を開いて、墓所を見回した。白い猫が一匹いるだけで、人はいなかった。天候のせいか、猫は灰色にくすんで見えた。

数馬は地べたに直に座った。襟元を緩めてから続けた。

「じつは、相談があって参りました」

そう切り出し、杉本茂十郎の一件から、楽翁の暗殺依頼を引き受けるまでの経緯を、とつとつと語っていった。

「……あげく、また畜生道を歩むことになりました。ですが、本当にそれでいいのか、悩んでいます。ほかにも取るべき道があるのではないか、そんな思いがしてなりません」

数馬は言葉を切り、首を振った。

「いえ、ほかに道があることも、どういう道なのかも、わかっています。その上で、どうするか、決められずにいるだけです」

すでに、その道を拓《ひら》くための策まで思いついていた。しかもそれは、錦織が敷いた道を、ほんの少し踏み外すだけで、黒子党を壊滅させられるかもしれないという、まさに起死回生の策だった。

「錦織は、楽翁様の寝込みを襲わせるつもりで手筈を整えています。このまま騙されたふりをしていれば、楽翁様に近づけます。そのときわたしは、風砲を携えているでしょう。その風砲を楽翁様に見せ、自分が何者で、なにをしに来たか、さらにこれまで誰を殺したかを伝えれば、黒子党が存在すること、いかに非道をなしてきたかを信じて下さるはずです。そうなれば、楽翁様は間違いなく黒子党を潰しにかかるでしょう」

大崎がそうなることを願っているのは間違いない。大崎を殺したのは数馬だが、命じたのは黒子党だからだ。そういう意味では、大崎に相談する必要はなかった。

「わたしも当然、罪を問われます。それだけのことをしてますから、断罪されても文句はいえません。でも、家族まで巻き添えになってしまうのは……」

胸が詰まって、言葉が出なくなった。

――それだけは、耐えられません。

連座して命で責任を取らされることはないまでも、流山家は閉門され、世間から白眼視されるようになるだろう。

その一点が、数馬の決断を鈍らせていた。

「わたしは、どうしたらいいんでしょう?」

霊魂の存在は信じているが、はっきりとした形で伝えてくれることまでは期待していなかった。なにか兆候が起きるのを待ったが、墓所に生えた草の葉が風に揺れることさえなかった。

もしかしたら、と思った。まだ大崎に伝えていないことがひとつ残っていた。

「党員でありながら、黒子党の存在を明かしたことで、家族には累が及ばぬように配慮して下さるかもしれません。そのことは、お願いしようと思っています。聞き遂げていただけそうもありませんが……」

大崎の墓が、ぼうっと光を放ったのはそのときだった。

厚い雲の隙間から差した一筋の光が、墓石を照らしたからだとすぐにわかったが、数馬はその偶然に、人智を超えたものを感じずにはいられなかった。

家族のことは心配するなという、お告げとしか思えなかった。

四肢に力が漲《みなぎ》ってきた。

数馬はすっくと立ち上がり、

「大崎さん、見ていて下さい。黒子党を叩き潰してみせます」

墓石に向かって、高らかに言い放った。

解　説

細　谷　正　充

数学でルートを習ったとき、語呂合わせで覚えた人が、少なからずいるだろう。たとえば$\sqrt{2}$ならば、ひとよひとよにひとみごろ。$\sqrt{5}$ならば、ふじさんろくおうむなく。もともと日本人は語呂合わせが好きだが、たしかにこうやって覚えたものは、いつまでたっても忘れない。心に残しておきたいことを、語呂合わせで記憶しておくのは、いい方法である。

ということで、時代小説ファンに、是非とも覚えてほしい語呂合わせがある。くろごくろごによみごろよ。すなわち〝『くろご』『くろご 弐』読みごろよ〟だ。本書のメインタイトルは『陽炎《かげろう》』だが、サブタイトルとして（カバーには）『くろご 弐』も入っているので、これで問題ないだろう。とにかく、今が読みごろの文庫書き下ろし時代小説のシリーズなのである。

本書に触れる前に、作者の紹介をしておこう。中谷航太郎は、一九五七年、広島県に生まれる。早稲田大学卒。自動車会社勤務、書籍編集、ビデオ製作などを経て、一九八八年よりフリーカメラマンとなる。石本馨名義で写真集『戦争廃墟』『団地巡礼』等を刊行。また二〇〇八年には歴史読物『大江戸橋ものがたり』も上梓《じょうし》した。歴史への関心は、早くから示されていたのである。

そんな作者が中谷航太郎名義で発表した初の小説が、『ヤマダチの砦《とりで》』だ。二〇一一年十月に新潮文庫から刊行された文庫書き下ろし時代長編である。小藩の江戸家老の三男で、うつけ者の苗場新三郎が、ひょんなことから山の民と行動を共にして、さまざまな体験をする。興趣に富んだストーリーを通じて、しだいに成長していく若者を見つめた物語は、たちまち時代小説ファンの注目を集める。以後、新三郎と山の民の魁をコンビにした「秘闘秘録 新三郎&魁」シリーズとして書き継がれることとなった。

その一方で、二〇一二年から廣済堂文庫で「晴れときどき、乱心」シリーズも開始。気弱で鈍感だが素直な性格の飛田作之進。しかし彼は誉田源之丞という、残忍かつ狂暴な、もうひとつの人格を持っていた。という二重人格者を主人公にした、ぶっ飛んだ内容で、読者の度肝を抜いた。さらに戦国アクション「首売り丹左」シリーズや、剣豪小説「ふたつぼし」シリーズなど、さまざまな傾向の作品を発表し、現在に至っているのである。凡手を嫌い、常に新たなことにチャレンジする姿勢が、なんとも頼もしい。

だから二〇一七年九月に集英社文庫から『くろご』が刊行されたときも、今度はどんなことをやってくれるのかと、ワクワクしながらページを開いた。そしてその期待は、すぐさま叶《かな》えられることになる。近江《おうみ》の国友村にある鉄炮鍛冶《てつぽうかじ》の家に生まれたが、縁あって、鉄炮方同心の流山丹兵衛に見込まれ、婿入りした数馬。今は愛妻の若狭《わかさ》と仲睦まじく暮らしながら、鉄炮磨き同心として城勤めをしている。また、図抜けた才能を持つ鉄炮鍛冶・国友一貫斎に師事しており、今は風砲(空気銃)の製作に師弟で夢中になっている。……というのは表向きの顔。実は数馬は、黒子《くろご》と呼ばれる、公儀の暗殺集団に所属しているのだ。銃の腕前を認められ、無理やり引っ張り込まれた彼は、黒子の任務が嫌でたまらない。しかし抜けることもできず、暗殺をしては悩むことになる。そんな数馬が、さまざまな出来事と人物に翻弄され、危機的状況に陥りながらも、なんとか生き延びたところで前巻は終わった。

その続きとなる本書は、前巻から数年をジャンプ。相変わらず数馬は、鉄炮磨き同心をしながら、黒子としても行動している。もちろん嫌々であり、いつ殺されるかとビクビクしている。そんな数馬に、新たな暗殺命令が下った。ターゲットは、三橋会所《さいきようかいしよ》の頭取・大坂屋の杉本茂十郎《もじゆうろう》。両国の花火見物に現れるという茂十郎を殺すべく、新開発の銃で狙いをつけた数馬。だが……。

本シリーズの特色は幾つかある。そのひとつがジェットコースター・ノベルだ。とにかく展開が目まぐるしい。前巻で数馬が黒子であることが判明してからのストーリーは、まさに予測不能であった。もちろん本書もそうだ。茂十郎暗殺がメインかと思えば、思

い。フレデリック・フォーサイスの『ジャッカルの日』や、ジェラルド・シーモアの
　だから本書は時代小説ファンのみならず、海外の冒険小説ファンにも読んでもらいた
を使う数馬の描写が興味深いのである。
ってくれると感心したが、本書はそれ以上だ。現代を先取りしたかのような銃と、それ
土壇場で、銃弾を回転させることまで思いつく。前巻の空気抵抗に触れた部分でも、や
また、茂十郎暗殺では、スナイパー用ライフルとでもいうべき新式銃を考案。さらに
れを作者は数馬に改良させ、ニードル銃のような、暗殺の道具としたのだ。
第七回小説現代長編新人賞を受賞した、仁志《にし》耕一郎の『玉兎《ぎょくと》の望』で扱われている。そ
クである。たとえば国友一貫斎が作ろうとしている風砲（気砲）。これは史実であり、
だ。本書もそのひとつだが、銃を徹底的に暗殺のための道具としているところがユニー
経塚丸雄の『維新の羆《くま》撃ち』など、バラエティに富んだ作品が次々と刊行されているの
近年では、新美健の『明治剣狼伝　西郷暗殺指令』、佐藤恵秋の『雑賀の女鉄砲撃ち』、
もうひとつの特色が銃である。銃を題材にした時代小説が少なかったのは昔のこと。
ってページを捲《めく》ってしまうのである。ここが本書の、大きな読みどころになっている。
妻を守り、必死になって生き延びようとする数馬の足掻《あが》きを応援し、いつしか夢中にな
二転三転。どこが終着点になるのか見当がつかぬまま、主人公が突っ走るのだ。愛する
いもかけぬ結果（ここで冒頭のエピソードが、巧みに生かされている）になり、物語は

『一弾で倒せ！』、あるいはスティーブン・ハンターの一連の「スワガー・サーガ」シリーズなど、スナイパーを扱った冒険小説が好きな人ならば、必ずや本シリーズも気に入るはずだ。

ついでにいえば、もともと作者は写真家である。対象を狙い、一瞬のシャッター・チャンスを捉える。そうした行為は、スナイパーと通じ合うのではないか。このあたりにも銃がフィーチャーされた理由がありそうだ。

さらに史実の絡め方も素晴らしい。国友一貫斎と風砲だけでなく、本書では大坂屋の杉本茂十郎の転落劇が、巧みに組み込まれていた。史実を自在に操り、話を盛り上げる手腕も、並々ならぬものがあるのだ。

さて、こうした特色に彩られたストーリーの中から、本シリーズのテーマが浮かび上がる。それはアイディンティティの揺らぎだ。このことに関して、まず「晴れときどき、乱心」シリーズに目を向けたい。先にも記したように、シリーズの主人公は二重人格である。この時代小説には珍しいアイディアにより、アイディンティティの揺らぎが、大きくクローズアップされている。本シリーズは、それとは違った設定により、やはり主人公のアイディンティティが揺らぐ。家庭を愛する鉄炮磨き同心という表の顔。黒子所属の暗殺者。表と裏の顔の狭間で、数馬の心は常に不安定だ。しかも明らかに前巻よりも、心が摩耗している。

「いまでは一貫斎を裏切ることに馴れてしまい、心の痛みさえ感じなくなっている。さすがに、そんな自分に嫌悪感を覚えるが」

という描写があるではないか。この嫌悪感がなくなったとき、彼は身も心も黒子となり、歴史の闇に沈んでしまうような気がする。それは数馬本人が、一番よく分っているのだろう。だからこそ彼は、必死になって足掻くのだ。普通の人としてのアイディンティティを確立するために。

ところで解説の冒頭の語呂合わせは、『くろご』というタイトルが〝965〟という数字に当て嵌《は》められるという思いつきから連想したものである。そして数字から、もうひとつ、別のものも連想した。テレビドラマの『プリズナーNo.6』だ。

『プリズナーNo.6』は、一九六七年九月から翌六八年二月にかけてイギリスで放映された連続テレビドラマである。全十七回。引退を決意した英国諜報部員（パトリック・マッグーハン）が、何者かに拉致され、すべての住人がナンバーで呼ばれる、奇妙な「村」で目覚める。ナンバー6となった彼は、何度も村からの脱出を試みるが、そのたびに頓挫する。というのが、ストーリーのあらましだ。不条理劇とも寓話とも取れる内容が素晴らしく、今もカルトな人気がある。そのドラマのオープニングで、毎回、マッ

グーハンが叫ぶのが、

「番号なんかで呼ぶな！　私は自由な人間だ！」

という有名なセリフである。黒子を965とすれば、数馬もまた番号で呼ばれる人間だ。マッグーハンと同じように、数馬が人間宣言をする日は来るのか。本書のラストを見ると、これで完結のようにも、まだまだ続くようにも読める。いったいどっちだろう。できれば、数馬の苦闘が続いてほしい。だってこれからも、波乱万丈のストーリーを、楽しみたいのだから。

（ほそや・まさみつ　書評家）

本書は、集英社文庫のために書き下ろされた作品です。

[S] 集英社文庫

陽《かげ》 炎《ろう》

2018年5月25日 第1刷 定価はカバーに表示してあります。

著 者 中谷航太郎《なかたにこうたろう》

発行者 村田登志江

発行所 株式会社 集英社

東京都千代田区一ツ橋2-5-10 〒101-8050

電話 【編集部】03-3230-6095

【読者係】03-3230-6080

【販売部】03-3230-6393(書店専用)

印 刷 図書印刷株式会社

製 本 図書印刷株式会社

フォーマットデザイン アリヤマデザインストア マークデザイン 居山浩二

ISBN978-4-08-745746-9 C0193